クリスティーナ
ナディア
パティーユ
JN059832
ミリアム
シリュー・アスカ
森崎美亜

著 水辺野かわせみ
ill. はりもじ

最凶災厄の冒険者は一度死んでから人助けに奔走する

The adventurer called the worst disaster is busy for good deeds after he died once.

TOブックス

The adventurer called the worst disaster is busy for good deeds after he died once.

Contents

Illustration／はりもじ
Design／小久江厚+アオキテツヤ（musicagographics）

第一章 *The first chapter*

The adventurer called
the worst disaster is
busy for good deeds after he died once.

それは、夏間近な日曜日。

前日まで降り続いていた雨があがり、梅雨時期には珍しく雲一つ無い紺碧の空が広がる、穏やかな日の公園。

湿度を感じさせない涼しい風が、さわさわと並木の枝葉を揺らして過ぎてゆく。

大きな池の外周を囲むカラー舗装の遊歩道を、一つ年上の少女、森崎美亜と並んで歩く明日見僚の心の中は、今日の天気のように落ち着いてはいなかった。

「どうしたの？　僚ちゃん。さっきから何かソワソワしてる」

そんな様子に気付き、美亜が首をちょこんと傾げて僚の顔を覗き込む。

「いや、べ、別にそんな事ないけど」

さっと顔を背ける僚の態度は、明らかに何かを隠している。

「あ、もしかして僚ちゃん、えっちな事、考えてた？」

美亜がいたずらっぽく笑って僚の前にまわり、後ろ向きに歩き出す。

「ばっ、ち、違うっ」

少し前かがみに手を後ろで組み、大きなアーモンドの瞳で僚を上目遣いに見つめる美亜の、長いストレートの髪が一筋肩から流れて落ちる。

意識しているのかいないのか、ボーダーのニットに浮き立つ胸が、斜め掛けしたバッグのストラップでより強調されている。

ニットに合わせた白のプリーツスカートはかなりの膝上で、動くたび、風が吹くたびに危うく揺れる。

違う、とは言ったものの、ひとかけらも考えていない、とは僚には言えなかった。

だが、僚が落ち着かない理由は、美亜にもなんとなく分かっていた。

と、言うより、実は美亜も朝からそわそわしていたのだ。いや、わくわく、かもしれない。

今日、僚から誘ってくれたという事は……。

ともに両親のいない僚と美亜は、同じ養護施設で暮らしている。

ただ、生まれてすぐに捨てられた僚と違い、幼い頃に事故で両親を亡くした美亜には、家も財産も残されていて、高校生になってからは、週末だけは家に帰る生活を続けていた。

「なあ美亜、今度の日曜日……暇かな？」

学校帰りの道で、いつにも増してぶっきらぼうに、突然僚が切りだした。

今度の日曜日、それは美亜の十七歳の誕生日。

「え、うん。暇だけど……どうして？」

美亜は心臓をドキドキさせながら、僚の顔を見つめた。

今まで、僚が誕生日を祝ってくれたことはない。というか、覚えていてくれたのかも怪しい。それが……。

「いや、まあ、俺も暇だからさ」

僚は照れているのか、美亜の目を見ようとしない。

目つきが鋭く、生まれつき地毛が茶色の僚は、しょっちゅう不良に間違われて怖がられたり、絡まれたりしている。職員室に呼び出されるのも毎年の恒例行事だ。

本人はその見た目を気にして、なるべく目立たないように大人しくしているのだが、それがかえって無愛想に見られ、はっきり言って逆効果だった。

それが今、おろおろとして落ち着かず、視線はあちらこちらにせわしなく動き、頬は少しだけ赤くなっている。

「僚ちゃん、かわいい」

その時は口には出さなかったが、美亜には僚が何を考えているのか、手に取るほどよく分かった。

ただその時。

不意に左側の路地から飛び出してきた、いかにも部活帰りといった感じの男子中学生とぶつかった。

かなり体幹を鍛えているため僚はよろける程度だったが、その中学生は派手に荷物をぶちまけて転んだ。

「君、大丈夫?」

美亜はすぐさましゃがみ込んで、散らばった荷物を拾い集めるのを手伝う。

「は、はいっ。すいま……せ、んっ!!」

顔を上げ、不機嫌そうに見下ろす僚と目が合ったその男子は、それこそ蛇に睨(にら)まれた蛙のように硬直し息を呑(の)む。

「おい、これ」

中学生のポケットから落ちた財布を、僚は確かめるように拾い上げた。

ぶつかられた程度で機嫌を悪くする僚ではない、ただごく普通に、僚にとってはいつもと何ら変わらない態度と表情で笑ったつもりだった。

だが、人を射殺すような冷たく鋭い目つきで睨み、その上薄笑いまで浮かべた僚の顔を見て、その中学生は思った。

〝殺される〟……と。

「ひっ、す、すいませんっ、許してくださいっっ。財布はっ、あげますからっ、勘弁してください!!」

男子中学生は、日焼けした顔を塗りつぶすほどに蒼ざめさせて、財布を受け取る事なく逃げ出した。

「いや、おいっ、ちょっと待てってっ」

このまま放っておいたら、完璧にカツアゲになってしまう。

「ったく、勘弁してほしいのはこっちだって、ホント何度目だよっ」

追いかけようとした僚を、美亜が慌てて止める。

「待って僚ちゃん、僚ちゃんが追いかけたら、また大騒ぎになるよ。私に任せて!」

自分のバッグを僚に預け、財布を受け取った美亜が中学生を追いかける。

中学までは僚と一緒に短距離をやっていた美亜は、今でもそのスピードに衰えはない。見る間に差を詰め、逃げる男の子に追いつき、一言二言笑顔で話し、無事に財布を返した。

「ちゃんと、話しておいたよ? 怖い人じゃないよって」

「うん、あ、ありがと」

「あと、もうちょっとにこやかにしよ?」

「あ、うん」

「ん？　どうしたの？」

微妙に視線をずらす僚に、美亜は首を傾げた。

「あー、あんまりスカートで全力疾走するなよ……」

「え？」

男子中学生を追いかけた美亜は、久しぶりに素晴らしい走りを見せた。

だが、スカートはその走りから、中身を守る事ができなかった。

「み、見えた？　って言うか見た？」

「あ、え……」

不可抗力だと僚は思ったが、しっかり見た。

「んもうっ、僚ちゃんのバカ!!」

その日は、余計な事故のせいで、せっかくのどきどきが違うドキドキに代わってしまった美亜だった……。


そして、心待ちに待った今日。

「ねえ僚ちゃん、ちょっと座ろう？」

美亜は僚の右腕をとり、木陰のベンチを指さす。

「ああ、待って」

「ほら、この上に座れよ。白のスカートじゃ、汚れ目立つだろ」

「うん、ありがと。やっぱり僚ちゃんは優しいね♪」

腰を下ろそうとした美亜の手を引き、僚は自分のバッグの中から取り出したタオルをベンチに広げた。ぽふんっ、と座った美亜のスカートが揺れ、中のピンクが見えたのは僚だけの秘密だ。

僚は美亜の左に、少し間を空けて座った。

「あ……まあ、いっか」

聞こえないくらいの声で、美亜が呟いた。どうせぴったりくっついて座ったとしても、僚は必ず間を空けて座りなおすだろう。美亜はそう考えて、この微妙な距離を楽しむ事にした。

「ねえ僚ちゃん、お腹空かない？」

「うん、そうだな。どっか食べに行く？」

「それもいいけどぉ……」

美亜はバッグの中から、ランチクロスで包んだ弁当箱を取り出した。

「じゃーん。実は、作ってきちゃいましたぁ！」

クロスの中身は折り畳みのサンドイッチケースで、蓋を開けると色味も綺麗なサンドイッチが並べられていた。

「卵に、ハムレタスに、ツナ。それから…」

美亜はべつの少し小さめなケースを開け、中のサンドイッチを一つ摘まんで取り出す。

「ホイップフルーツっ。僚ちゃん、好きでしょ」

「あ、おお……いただきます」

僚は、目の前に差し出された、ホイップクリームとバナナのサンドイッチを嬉しそうに頬張る。顔に似合わず甘党な僚の横顔を眺めて、美亜はたおやかに目を細めた。

「あ、そうだ美亜っ」

「え、あ、なにっ？」

唐突に名前を呼ばれ、美亜は少し上ずった声をあげた。

ホイップサンドを一つ食べ終えた僚は、美亜の用意した紙おしぼりで綺麗に手を拭(ぬぐ)い、左側に置いたショルダーバッグのファスナーを開く。

それから、少しだけ迷ったあと、ゆっくりと確認するようにバッグの中身を手に取る。

「美亜、誕生日おめでとう」

僚は思いっ切り感情を込めた声で、ピンクのリボンの掛かった包を美亜の目の前に掲げた。

「……え？　うそ、ホント に？　あ、ありがとう」

〝おめでとう、って言ってくれるだけで十分だったのにっ。プレゼントまで用意してくれたの⁉〟

美亜は涙が滲(にじ)んでくるのを必死で堪(こら)えた。

「ねえ僚ちゃん。開けてみてもいい？」

涼し気な笑みを浮かべて、僚は無言で頷く。

リボンをほどき、綺麗に包装された紙を破らないよう丁寧にはがして、美亜は白く細長い箱を開けた。

「わあぁ」

ローズクォーツとピンクゴールドのネックレスに、同じデザインのストラップ。

「美亜に似合うかなと思って」

「僚ちゃん……」

美亜は右手で髪をかきあげ、そのまま耳を覆うように手を止める。

思いがけず嬉しい事があった時の、美亜のかわいい癖だ。

「あ、ありがとう僚ちゃん。私、わたし……」

感極まった美亜の瞳から、大粒の涙が零(こぼ)れる。

「ちょっ、泣くなよっ」

「だって、だって、嬉しいんだもん、しょうが、ないよ、うぇぇん……」

俯(うつむ)いた美亜にそっと寄り添い、僚はその震える肩に優しく手をまわした。

「ありがとう、ありがと、僚ちゃん」

「うん。美亜が喜んでくたのなら、俺も嬉しいよ」

僚は、ポケットから取り出したハンカチを美亜に手渡す。

「喜んでる、いっぱい喜んでる」

僚のハンカチで涙を拭い、美亜は笑って顔を上げた。

「ごめんね、こんな所で泣いちゃって。あ、ハンカチはちゃんと洗って返すね」

「気にするなって。それよりほら、サンドイッチ」

「うん、そうだね。あ、待って、はいこれ、コーヒー」

美亜は、水筒から紙コップへアイスコーヒーを注ぐ。

「あ、ありがと」

コップを口元に近づけ、僚は一旦手を止める。それから一口、ゆっくりと味わうように飲み込む。

「なあ、これって……」

「さすが僚ちゃん、やっぱりわかる？　サイフォンで淹(い)れたんだよ、どお？」

「うん、美味いよ。コーヒーもサンドイッチも」

そのたった一言が心から嬉しくて、美亜は木陰から揺れる木漏れ日のような笑みを浮かべる。

「この時間が、ずっと続けばいいのにねぇ」

ただ何気なく零れた言葉だったが、それは美亜自身も意識していない、心の奥から湧き上がる本当の願いだったのかもしれない。

「ホントに、な……」

それは、ある夏間近な、よく晴れた日曜日。

そして、永久に失われた二人の時間。

もう二度と取り戻す事のできない、淡い思い出。

その日。

ふと気がつくと、いつもの交差点だった。

もう、半年も通っていなかった、半年前までは毎日通っていた道。

いつもの交差点で、いつもの笑顔で待っていてくれた、幼馴染の少女。

六歳の時に両親を亡くし、養護施設にやってきた森崎美亜。

産まれてすぐに捨てられ、養護施設で家族を知らずに育った明日見僚にとって、彼女は世界で最も身近で、最も大切な存在だった。

十七歳で一つ年上だった美亜は今年の春、突然の病により十八歳の誕生日を迎える事なく、たった一人で逝ってしまった。

それから半年以上が過ぎた今でも、僚は現実を受け入れる事ができず、意識してこの道を通らなかった。

それなのに。

僚の歩く反対側の歩道を、黄色い帽子にランドセルを背負った小学生たちが、元気よく駆けてゆく。そのなかで、一人の女の子が何かに躓（つまず）いて転んだ。痛みに顔を歪（ゆが）めるその子に、後から追いついた男の子が手を差し伸べて、そっと女の子を起こして笑った。

たまたまその光景を目にしたせいだろう、僚はもう随分と思い出す事のなかった、初めて喧嘩をした時の事を思い出していた。

それは僚が小学四年生の頃。

養護施設出身で、両親のいない美亜が同級生の男子二人に酷くからかわれていた。泣きじゃくる美亜を見た僚は、怒りに我を忘れその二人に殴りかかった。上級生を相手にボロボロになりながら、それでも僚は立ち上がり、気がついた時にはにはその二人を起き上がれないぐらいに叩き伏せていた。

勿論そのあと、療護施設の院長が学校に呼ばれて、相手の親に平身低頭で謝罪する事にはなったが。

「僚、何故あんな喧嘩をしたんだ？」

怒っていると思っていた院長の声は、意外にも穏やかで、僚はちょっとだけほっとしたのだった。

「だって、美亜が苛められてたんだ、親がいないのは美亜のせいじゃないのに、あいつら上級生のくせに、美亜を苛めて笑ってたんだ……」

僚は美亜の涙を思い出し、泣きながら拳を固めた。

「僚、どんな理由があっても、相手に怪我させるのは良くない。でもな、弱い者を傷つけるヤツは最低だ。それを見て見ぬ振りをするのもな」

院長はぽんっと、僚の頭に手を置いた。

「弱い者を助けて手を差し伸べてやれるのが、本当の強い男だ。よくやったな、僚」

「うん！」

その時、僚は力強く頷いたのを覚えている。

無意識のうちに、いつも美亜と待ち合わせたこの交差点に来てしまったのは、そんな懐かしい思い出に気をとられたせいだろう。交差点には信号待ちの学生たちがいて、楽しそうにお喋りをしている。

「美亜と同じ制服か」

その四人のグループは美亜の通っていた、この近くにある県内でも有名な進学校の生徒で、背の高い男子一人にあとは女子が三人。

「去年の今頃は、美亜もこんな風に友だちと笑ってたんだよな……」

そして、何気なく交差点の先に目をやった時。

「え?」

僚は信じがたい光景に息を呑み足を止めた。

横断歩道の向こう側に、もうこの世にいないはずの美亜が一人で佇み、小さく手を振って笑っている。

「うそ、だろ……」

あり得ない事だと分かっている、半年前に亡くなった美亜がここにいるはずがない。見えるはずがない。

だが、たとえそれが僚の心が生み出した幻だとしても、話がしたい、声が聞きたい。

そう強く願ったとき、美亜の口元が僅かに動いた。

〝僚ちゃん。私を、探して〟

はっきりと聞こえたその懐かしい声は、耳ではなく頭の中に直接響いた。

「探す……? 美亜、どういう意味だ……」

美亜はきらきらと笑うだけで、何も答えてはくれない。

僚が目を擦って見直した時、おぼろげなその姿は、もう何処にもなかった。

「美亜……」

美亜の消えた横断歩道の先を見つめ、僚は思わずその名前を口にした。

「ん？」

はっきりと聞こえる程の声ではなかったはずだが、一番後ろの女子生徒が振り返り、僚の顔を一瞬訝しげな表情を浮かべて見つめる。

「え……いま……？」

「あ、ごめんなさい！　あの、違うんですっ」

僚は咄嗟に謝って、相手の言葉を遮った。

「何？　ナンパ？」

「へぇこんな所で」

前にいる三人が振り返り、少しからかうように笑った。

「違うんです、ホントすみません！」

別に逃げる必要も無かったのだが、気不味さに耐えきれず僚は今来た道を駆け出した。

そして、丁度五歩目を踏み出した時。

「うわっ」

周りの一切の音が消えた。

それだけではない、身体が宙に浮かんだまま固定された様に動かなくなり、周囲一帯が停止していた。

自分の思考だけが進み、全てが時を止めている。

「なんだ？　これ」

その直後、目を開けて居られない程の光に包まれる。

いや、包まれるというより投げ出されるといった感覚だろうか。

「うっ」

熱くも冷たくもない、が、目を閉じていても身体全体で感じる、息が詰まる程の光の圧力。

堕ちているのか昇っているのかさえ分からない浮遊感。

「くっそ、どうなってんだ」

僚は、唸（うな）るように声をあげる。

そして、身体に感じていた圧力が唐突に消える。それと同時に浮遊感も無くなり、身体を支えきれずに冷たい床に尻餅をついた。

「冷たい？」

今は十月、夕方とはいえアスファルトは日中の日の光で温められ、かなりの温度になっているはずだ。

僚はゆっくりと目を開き床を見た。

「大理石かな？」

白く艶（つや）のある床材は、いつか行った美術館のものとそっくりだった。

周りに目をやると、そこはかなりの広さがあるホールの様な造りで、壁も床も同じ石材が使われているようだった。

少し薄暗いのは、目が慣れていないせいでもあるだろう。

「ようこそおいで下さいました」

透き通るような女性の声が背中の方から響いた。

「召喚に応じて頂きありがとうございます、勇者様、従士様」

勇者？　召喚？　気になるワードが聞こえ僚は片膝立ちで振り返った。そしてすぐにその女性の言葉が、自分に向けられたものではないと気付いた。

僚がいる場所から五メートル程の所に、スポットライトにでも照らされたかのように四人の男女がこちらに背を向けて立っていたのだ。四人共制服姿で背の高い男子が一人に女子が三人、先ほど交差点にいたグループのようだ。

よく見ると彼らの足元には、円形の紋様(もんよう)が金色で描かれており淡い光を放っている。

「これって……まさか、異世界……召喚？」

本を読むのが好きだった美亜が、時々貸してくれた本の中にいくつかあった、異世界召喚を題材にした物語。

チートな能力をもった主人公の、破天荒(はてんこう)で刺激的な冒険の数々。

実際にあれば面白いだろうなとは思うが、それはあくまでも創造の産物であり、現実に起こりえるはずはない。

そう、起こるはずがない。

今日まで、いや今この時まで僚はそう思っていた。

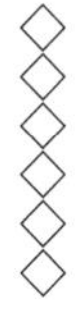

白い大理石の床に描かれた、金の魔法陣から淡い光が立ち昇る。

その神々しい光は一気に強さを増し、家一軒がまるごと入るほどの広さがあるホールを明るく照らす。

「成功……です」

パティーユはその美しい顔を僅かに歪めよろめく。

「王女様!」

後ろに控えた四人の女官と、護衛とおぼしき男二人が、慌ててパティーユを支えようと手を伸ばすが、彼女は気丈にも差し伸べられたその手を制した。

碧(あお)く煌(きらめ)くストレートの長い髪が、魔法陣から溢れる光に揺れる。

髪と同じ色の丸く大きな瞳を見開き、パティーユは目の前の魔法陣をまっすぐに見つめた。

立ち昇る光の中に、ぼんやりと浮かぶ影が徐々に輪郭を表し、ゆっくりと減衰(げんすい)してゆく光とは逆に、やがてはっきりと人の形をとる。

そして立ち昇る光が完全に消えた時、魔法陣の上には四人の男女が立っていた。

「な、何だっ」

四人の中でただ一人の男である少年が、目の前に立つ人影に気付き咄嗟に三人の少女達を庇(かば)うように前に出た。

「ちょっと、なにここ？」

緩くウェーブのかかった髪を短く纏めた少女は、その勝気な瞳に不安の色を滲ませ、それでも少年の斜め横で両拳を握り半身に構える。

「恵梨香ちゃん、私たち交差点にいたよねぇ」

その二人の後ろで、肩にかかる髪をかきあげながら、少し垂れ目気味の少女がおっとりとした声で呟いた。

「この状況でも、マイペース……ですか。さすがほのかさんですね」

切れ長の目を細め、長身でポニーテールの少女が半ば呆れた様に、隣りに立つほのかの顔を見る。

「ねえ直斗、どうなってんのこれ」

「俺にもわかんねーよ、有希」

直斗は空手の構えをとる有希をちらりと見やり、正面に立った者達に向き直る。

警戒心をあらわにする直斗たちに向け、パティーユはドレスの裾を両手で摘み、にっこりと微笑んでお辞儀をした。

「皆様、ようこそ……」

「王女様、言葉が」

「あ、そ、そうでした」

害意が無いことを示すため挨拶を交わそうとしたパティーユだが、女官の一人に声をかけられ、そのままでは言葉が通じない事を思い出した。

「例の物を」

こほんっと小さく咳払いをしたパティーユの指示に、一人の女官が銀製の箱を両手で持ち、直斗達の前にゆっくりとした所作で進み出た。

「指輪？」

直斗が捧げるように差し出された箱の中を確認すると、そこには四つの指輪が並んでいた。

訝し気に箱の中を覗き込む直斗に、パティーユは身振り手振りでそれをはめるよう促す。

「これを付けろって？」

「直斗……」

心配そうに見つめてくる有希の声に、伸ばした手を一瞬止めた直斗は目を閉じ、大きく深呼吸をした後。

「迷ってても仕方ねーか」

指輪の一つを取り左の中指にはめた。

「言葉が……分かりますか？」

「え？　日本語……ってこの指輪が翻訳してんの？」

今まで何を喋っているのか全く分からなかった相手の言葉が、いきなり日本語で聞こえてきた事に直斗は驚き、付けた指輪を掌(てのひら)を返しながらじっくり観察した。振り向くと三人も同じように、目を丸くして指輪を見つめている

「改めてご挨拶を。私はパティーユ・ユミルアンヌ・エルレイン。勇者様、従士様方、ようこそ我がエルレイン王国へ。我々はあなた方四人を歓迎いたします」

パティーユは優雅な所作でお辞儀をした。

「勇者？　なんだそれ……」

「詳しいご説明させて頂きます。ですが場所を変えましょう、どうぞ……」

その時。

「あの……」

パティーユの言葉を遮る声が聞こえた。

「四人じゃなくて、五人みたいなんですけど」

全員が一斉に声のした方に顔を向けた。

直斗たち四人の後ろ、少し離れた所に確かにもう一人。

「え？」

パティーユは大きく目を見開いて、もう一度その声の主を見た。

「ええええっ⁉」

それは、想定外の五人目の召喚者だった。

その後、落ち着きを取り戻したパティーユによって、僚たち五人は召喚の間とは別の部屋へと案

内された。

「これは賢者の石板と言って、自分のステータスを開示する事ができます」

パティーユは、テーブルに置かれた石板を手で指し示した。

それはA三サイズより少し小さい大きさで、石で出来ているとは思えないくらい美しい艶があり、全体が黒く輝いていた。

「なんか、タブレットっぽいな……」

直斗の漏らした感想は、それほど的外れではなかった。

「この石板に手をかざしてみてください」

パティーユに促されて、直斗が石板に手をかざす。

〝日向(ひゅうが)　直斗(なおと)〟
称号　勇者　世界に勇気を与える者　魔法剣士
年齢　18歳
魔力　1500
魔力量　4770
固有スキル　バーニング　味方の全ステータスを一定時間五〜十倍に上げる
スキル
魔法　火、水、風、土、雷、無、空間、光

属性攻撃　火、水、風、雷、光
剣術、槍術、聖剣技
身体能力補正
アビリティ　魔力、覇力、理力

「す、素晴らしい能力です……文献で見た事はありますが、実際に目にすると……」

パティーユは石板に映し出された直斗のステータスに、驚きを通り越し茫然となる。

「やっぱ直斗が勇者かぁ、ま、そうだよね。じゃ次はあたしね」

〝高科　有希〟
称号　従士　勇者と共に在る者　闘士
年齢　18歳
魔力　880
魔力量　3010
固有スキル　バースト　敵一体の魔法効果を無効化
スキル
属性攻撃　火、風、土
拳闘術、棒術、鏢術

身体能力補正
アビリティ　魔力、覇力

「なんか、直斗に比べるとしょぼいなあ」

「いいえ、そんな事は有りませんよ。現在この国で最も高い魔力を持つ者でさえ百六十なのですから。それにあくまでも初期値です、成長すれば更に増えるのですから」

感嘆の声をあげるパティーユに、有希は表情を緩める。

「次は、わたしですね」

〝穂積(ほづみ)　恵梨香(えりか)〟
称号　従士　勇者と共に在る者　弓術士
年齢　17歳
魔力　1050
魔力量　3000
固有スキル　バスター　敵一体の攻撃力、防御力を下げる
スキル
属性攻撃　風、水、火
弓術、短剣術

アビリティ　魔力、覇力

「へぇー、恵梨香は弓道部だから弓術士なんだ」

有希が横から石板を覗き込み、自分よりも背が高い恵梨香の顔を見上げた。

「有希さんは空手部だから闘士で拳闘術なんですね」

「俺は野球部だから、剣士とは関係ないなぁ」

二人の会話に直斗が首を捻る。剣と野球では共通点など無いように見えるからだ。

「あ、でも直斗の場合バット振り回してるじゃん」

「いや、振り回してねーし」

「直斗君、アブナイ人みたいだねぇ」

ほのかが全く悪びた様子もなくにっこりと微笑む。

「ほのか、なんか違うってそれ」

彼らの後ろで聞いていた僚も思わず噴き出した。と同時に微妙な違和感を覚えて眉をひそめる。

「じゃあ、次は私がいくね」

〝葉月（はづき）　ほのか〟
称号　従士　勇者と共に在る者　魔導士
年齢　18歳

魔力　1800
魔力量　5820
固有スキル　バリア　任意の味方に一定時間、物理・魔法による攻撃を完全に無効化する障壁を展開する
スキル
魔法　火、水、風、土、雷、無、空間
身体能力補正
アビリティ　魔力、理力

「アビリティっていうのはどういう意味なんですか?」

「あ、それ。あたしも聞こうと思ってたんだよね」

僚が疑問を口にすると、有希と他の三人も大きく頷いた。

「アビリティは、そうですね行使できる能力といったところです。魔力は魔法や属性を武器にのせる力、覇力は肉体を強化したり身に纏(まと)わせる事で、攻撃力を大幅に上げる力で闘気とも呼ばれます」

「理力は?」

「少し難しいのですが、物理的な効果をもたらす力です。例えば物に手を触れず動かしたり、目に見えない盾を出現させる事ができます」

パティーユはそこで一旦区切り、皆の顔を見渡した。五人は頷いて理解した事を伝える。

「ただ、それぞれの力を同時に使う事はできませんので、注意して下さいね」

と、そこまでは良かった。

問題は、僚が石板に手をかざした時だ。

＊＊＊

〝明日見　僚〟

称号　？？？？　想定外の異世界召喚者

年齢　17歳

魔力　0

魔力量　0

固有スキル　――

スキル

身体能力補正

アビリティ　――

ギフト　生々流転（せいせいるてん）　覚醒（かくせい）

「なんか、ツッコミどころ満載って言うか、色々問題ありって言うか……」

僚は石板に表示された自分のステータスに、思わずツッコミを入れたくなった。前の四人と比べてあまりにも酷い。が、ここまで酷いと逆に冷静になるものだ。

「名前があるだけでもマシか」

明日見僚という名前は親が付けたものではなく、児童養護施設の経営者である院長が、後見人となって付けてくれた名前だった。

だからひょっとしたら名前が表示されないのではと、もしくは本当の親が付けた名前が表示されるかもしれないと思っていた。

特に気に入りも嫌いもしていない名前だったが、普通に表示された事になぜか安心している自分が可笑しかった。

「まさかっ……あり得ませんっ、魔力ゼロなんて」

代わりに焦った声をあげたのはパティーユだった。

「この世界に生きる者は全て、魔力を持っているのです、それなのに、こんな……」

僚の顔と、石板の表示を交互に見比べるパティーユは、眉をひそめ丸い瞳を潤ませている。

「俺はこの世界の人間じゃないし、あり得るんじゃないですか？　現に何ともないし大丈夫かと……」

僚は落ち着いて腕を振ってみせた。昔からあまりものに動じず、冷静に状況分析を行う性格なのだ。

「そ、そんなっ、ご自分のステータスなのですよ」

パティーユの真剣な慌てぶりと表情を見て、僚は思わず口元を緩めた。この人はきっと、本気で心配してくれているのだろう。

「ステータスといってもよくわかっていないですから。それに他にも、称号が『?』とか『*』とか」

「それに固有スキルとアビリティが『――』だしね」

僚の右から覗き込んだ有希が腕を組み首を傾げる。

「でも皆には無いギフト、生々流転と覚醒ってのがあるな」

直斗は石板に間隔を開けて表示された文字を指さした。

「ギフト、というものも初めて目にしました、一体どういう能力なのか……」

パティーユは眉根を寄せ真剣な顔で考えこむ。

「生々流転……世の中の全ての物は次々と生まれ、時間とともに常に変化し続ける……という意味だったはずです」

「さっすが恵梨香、よく知ってたねそんな言葉」

恵梨香の淀みない説明を聞いて、有希は目を丸くして少し大げさに驚いてみせた。

「もしかするとこの生々流転というギフトが、ステータスに影響しているのかもしれません。明日見様だけが指輪無しで言葉が通じるように」

パティーユはまだ心配そうにしていたが、僚はそれほど気にしていなかった。

身体や精神に影響が無ければ、心配する必要は無いだろう、そう思っていた。

「……で、どう思う」

直斗はゆったりとしたソファーに腰掛け、他の四人に問いかけた。

ここは召喚の間から程近い、応接室の一つ。パティーユから一通り状況の説明を受けた後、五人だけで相談したいと彼女には席を外してもらった。

「なんか信じらんないけど……現実なのよね」

有希は顔を上げずじっと自分の手にある指輪を見つめていた。

ひとつ。この世界には魔力が存在し、それの源となるマナで満たされている。

ひとつ。この世界に存在する無機物以外の全ては魔力を内包している。

ひとつ。この世界の生物は活動する為に魔力を使い、マナを消費する。消費されたマナは魔素（瘴気）として排出され、その魔素が魔物を生む要因となる。

そして数百年に一度、世界中を覆いつくす程の魔素が一つに集まり、この世界を滅ぼしてしまう規模の大災厄が発生する。

「そしてその大災厄に対抗する手段が、異世界からの勇者召喚……ですね」

恵梨香の言葉に全員が頷く。

「でも、俺の場合は……どうなんでしょう」

僚の疑問はもっともだった。

自分のステータスに勇者や従士の称号も、おおよそ戦闘に必要と思われるスキルも全く無かった事から、僚はこの世界での自分の立ち位置を把握できずにいた。大災厄に対処する力があるのかと。

「大丈夫だろ、皆で力を合わせれば何とかなるって、ええと、明日見……君だったっけ。俺は日向直斗聖稜高校の三年、よろしくな」

「直斗はこの間まで、野球部の主将だったんだよね～」

有希が横からにこにこと付け加える。

百八十センチメートルを超える身長で日焼けした肌、きりっとした眉と目鼻立ちは、いかにもスポーツマンのさわやかなイケメン。

「明日見僚です。江南工業の二年です」

僚は一度立ち上がり、丁寧に、穏やかにお辞儀をした。

「あれ、なんかイメージと、違うな……」

「ホント、もっとなんか、オラオラっていうかヤンチャっ、ていうか？」

直斗と有希が言葉を濁してそう言うと、恵梨香とほのかの二人もこくこくと頷く。

「あのっ、髪の色は地毛で、目つきが悪いのは生まれつきでっ、別にヤンキーとかそんなんじゃないです」

僚は困ったようにくしゃくしゃ、っと髪をかき上げる。初対面の相手には、ほぼ百パーセントの確率で不良扱いされるか怖がられるのだが、なかなかショックだし、いつまでも慣れる事はない。

「へぇ、地毛なんだ、綺麗な色だね。あたしは高科有希、一応空手部の主将なの、よろしくね。それと、変な事言ってゴメンね。明日見君、気にしてたんだ」

ちょこんと頭を下げて、有希が笑顔を浮かべた。

「あ、いえ。いつもの事なんで」

気にしてません、と僚は続けた。もちろん、本当はかなり気にしているのだが。

「明日見君って、部活やってるの？」

「一応陸上部で、短距離やってます」

「陸上かぁ、俺も足にはわりと自信あるんだけど。因みに百メートル何秒？」

直斗が興味深々といった様子で聞いた。というのも聖稜高校には陸上部が無かったからだ。

「ええと、ベストは十秒九八ですけど……」

「はやっ!!」

直斗と有希の声が被る。

「日向さん、今度一緒に走ってみたらどうですか」

「い、いや、遠慮しとくわ」

恵梨香はただ野球部と陸上部の対決を見てみたいだけだったのだが、直斗は何度も首を振り即断で否定した。

恵梨香は右手を口元に当ててくすりと笑う。

「初めまして、わたしは穂積恵梨香といいます。弓道部の部長でした。宜しくお願いしますね」

「あ、はい」

恵梨香は切れ長の瞳でまっすぐに僚を見つめた。穏やかな表情だが、その視線には射貫くような迫力がある。

「恵梨香ちゃんは誰にでも敬語なんだよねぇ」

おっとりとした話し方で、ほのかは丸く黒目がちな瞳を細める。

「私は葉月ほのか、えーと、吹奏楽でフルートをやってるの。よろしくね明日見くん」

交差点で僚の声に気付き、振り向いた少女だ。

僚は何とも言えない気まずさに、思わず目を反らし頷いた。

「明日見くん、意外と照れ屋さんなのかな？」

「えっと、すいません、あの……」

実際、女の子と話すことにはあまり慣れていない。美亜とは普通に話ができるのだが、ほかの女の子だと緊張してうまく言葉が出ずに、僚はついつい黙りこんでしまう。

それに加えて元来の目つきの鋭さが災いして、クラスの数少ない女子生徒からも、怖いとかぶっきらぼうとか無愛想とか言われていたが、ほのかはいい方に捉えてくれたようだ。

「ねえ明日見くん。さっきの交差点で……たしか、みあって言ったよね」

ほのかの問いかけに、全員の視線が僚に集まる。

「あの、それは……」

「それって、森崎美亜ちゃんの事？」

「え、美亜を知ってるんですか？」

僚は目を丸くして顔を上げた。まさか美亜の名前がほのかから出てくるとは思わなかったからだ。

だがよく考えてみれば、美亜も直斗やほのか達と同じ、聖稜高校の生徒だったのだ、彼らが知っていても不思議ではない。

「私たち、仲良かったんだよ」

ほのかは首をちょこんと傾げて微笑んだ。

「森崎が、工業の不良と付き合ってるって噂、本当だったんだなぁ」

「え？　ふ、不良……」

直斗に他意はなく、ただ当時耳にした噂を口にしただけだったが、僚の心のダメージは思いのほか大きかった。

「ちょっと、直斗っ！　ばかっ」

有希が口を尖らせて直斗を怒鳴る。

「あ、ああっゴメンっ。悪気はなかった、マジごめんっ」

「い、いえ……」

自分の知らないところで、そんな噂が独り歩きしていたとは……僚はショックを隠せなかった。

「あ、明日見君っ、気にしないでっ。直斗ってば昔っからデリカシーなくってさ。それにほら、うちの空手部の男子なんて、もっと怖い顔したやついるし、それに明日見君、結構イケメンだし、ね」

「そうそう、野球部なんて身体でかくて、基本坊主だしなっ」

「日向さん、言い訳がましいですよ」

恵梨香が横目で直斗を睨んだ。

「あ、いや。そんなに気にしてるとは思わなくて。ホント悪かった……」

直斗は頭を掻きながら頭を下げた。

「あ、いえ……はい」

微妙な空気が流れ、全員が無言になる。

「じゃあ、美亜ちゃんの言ってた彼氏って、明日見君の事だったんだねぇ」

気まずい雰囲気の沈黙を破り、何処か遠くを見るような目でほのかが呟いた。

「美亜さん、最後まで名前は教えてくれませんでしたけどね」

「誕生日に貰ったストラップ、嬉しそうに見せてくれた事あったな……」

「そう、それに……」

僚は四人の話を聞きながら、そのストラップとネックレスを渡した時の事を思い出していた。新聞配達のバイトの給料を貯めて買った、初めてのそして最後の誕生日プレゼント。悩みに悩んで少し奮発したそのプレゼントを、美亜は弾けるような笑顔で受け取ってくれた。

僚の口元がふっと緩む。

「明日見くん？……あ、ごめんね辛い事思い出させちゃった？」

下を向いた僚の表情は、向かいに座るほのかには見えなかった。

「いえ、そういうわけじゃ……美亜の事を大事に思ってくれて、覚えててくれる人が俺以外にもちゃんといたんだって思ったら、なんか嬉しくて……」

ほのかだけではない、他の三人の話し方からも本当に仲の良い友人達だった事が窺えた。

〝死んでしまったとしても、誰かが忘れずにいれば、その人の存在が消える事はない〟

いつか何処かで聞いた言葉が、僚の胸を過る。

「大丈夫、誰も忘れてないって」

隣に座る直斗が、僚の肩に手を置く。僚が顔を上げると、直斗は笑顔で頷いた。

「……ありがとう、ございます」

「う、あたし泣きそう」

有希はそう言いながら、すでに溢れんばかりの涙をためている。

「有希ちゃん、気は強いけど泣き虫だもんねぇ」

「ほのかさん、そこは涙もろいと言ってあげましょうね」

「どっちも変わんない！」

涙を溢れさせながら笑う有希と、それにつられて笑う直斗、恵梨香、ほのかの三人。

その様子を見て、僚の顔にも笑みが浮かんだ。

「今回の事は、森崎が引き合わせてくれたのかもな……」

直斗はソファーからゆっくりと腰を上げた。

「うん、あたしもそう思う」

涙を拭った有希が、直斗につづいて立ち上がる。

「明日見さんとわたし達が一緒に召喚されたのは、決して偶然ではないと思います」

「きっと私達だけじゃなくて、明日見くんも必要だったんだよ」

恵梨香とほのかが立ち上がって僚を見つめ、頷いた。

直斗は有希達三人を見渡した後、困惑した様子で座ったままの僚に右手を差し出す。

「だから皆で協力しようぜ。そんで大災厄ってのを乗り切って、皆で元の世界に戻ろう。俺たち五人で……な」

「……はい」

僚は立ち上がり直斗の手を取った。

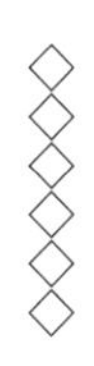

「明日見様？」

それは、召喚の儀から一週間程だった夜の事だった。僚たち五人はこの世界に関する講義を何度か受け、一般的な常識や知識、文化といったものをある程度知る事ができた。

例えば時間や暦。正確な時計などを作れる文明レベルには無いが、元の世界とほぼ同じで一日が約二四時間、一年が三六五日と考えて良かった。

距離の単位はメートル。これは過去に召喚された勇者の一人が伝えたものらしい。

一通りの知識が身についたところで、いよいよ戦闘の為の訓練が始まった数日後の事。

その日の夜、なんとなく目が冴えてしまったパティーユは、少し夜風に当たろうと宮廷の庭へ足を向けていた。そこで、庭の反対側を通り一人訓練場へ向かう、僚を見つけたのだった。

声をかけるべきか迷ったが、結局パティーユはこっそりとついて行く事にした。

「覗きのようで、少し気が引けますね……」

そんな事に気が付いていない僚は、バッグの中からスパイクを取り出した。

百メートルの距離は、昼間のうちに道具を借りて測っておいた。
決めておいたスタートラインの手前に立つ。
深く深呼吸。一回、もう一回。
心の中で合図の声。
〝On your mark〟
腰を落としてラインに手を添え、足の間隔を最もしっくりくる位置へ。
〝Set〟
一呼吸置き、そして……。
自分にだけ聞こえるピストルの音。
全身が爆発的に躍動し、その一瞬世界が弾ける。
〝足を上げすぎるな〟
〝前傾姿勢〟
……一……二。
頭の中でカウントをとる。
〝身体を起こせ〟
〝加速、加速〟
風がうなりを上げる。
……三……四。

〝足が流れないように、接地時間を短く〟

今までに感じた事の無いスピードで景色が流れる。身体の重さを感じない、まるで空を飛ぶような感覚。

……五……六。

思い切りゴールへ飛び込む。

「六秒ちょい」

僚は信じられないタイムに声を出して笑った。世界記録を軽く、大幅に上回ったのだ、もう笑うしかなかった。

「十秒六だって切った事ないのに……」

昼間の訓練で、身体能力が強化されているのは分かってはいた。直斗と二人で剣の扱い方を教わったのだが、鉄製の剣がまるでただの定規のように軽いのだ。

また、個人の得意分野については更に能力が上積みされているとの事だった。直斗はパワーとスタミナ、僚はスピードと俊敏性というように。

「このまま元の世界に戻れば、金メダル確実だな」

僚は息を整え、スタートラインを振り返った。

本当は剣の練習をするつもりでここへ来たのだ。

実際、訓練でも剣術スキルを持つ直斗と、何のスキルも持たない僚では、僅かな時間の訓練でも大きく差が出てしまった。

足を引っ張る訳にはいかない、そんな思いでここへ来たのだが。

「剣は……明日からでいいか。今日はとにかく思いっきり走ろう」

僚は夜空を見上げた。

きれいな月が銀に輝いている。

「こっちにも月があるんだな」

月明りに照らされる中を走るのもいい気分だ。

そして訓練場の片隅(かたすみ)の木のかげで、そっと見つめる一人のギャラリーがいる事に、僚は最後まで気付かなかった。


「――美しい」

それは、速いでもなく、凄いでもなく、パティーユの口から自然にこぼれた言葉だった。

兵士や騎士達が走る姿を見た事は勿論(もちろん)何度もある。が、たった今目にしたのはそのどれとも違う、ただ走る為だけに、全ての無駄を排除した究極の姿がそこにあった。

まるで風さえ追い抜き、彼以外の時間が止まったかのようなスピード。

「はぁ……」

パティーユは無意識のうちに溜息(ためいき)を漏らしていた。

目が離せない。

だが、声を掛けて邪魔をしてはならない。そんな気がした。

結局僚が練習を終えるまで、パティーユは静かなギャラリーでいた。

翌日の訓練。

「さあ、参られよ」

訓練用の木剣を正眼に構えた僚の正面で、レスターは構えをとる事もないままで、開始の声を掛けた。

レスターは僚たちの剣術指南役を担当する近衛騎士で、エルレイン王国でも五本の指に入る剣士である。

背が高くがっしりとした体形で、短く刈られた栗色の髪に顎鬚を蓄え、一見すると厳つい感じの男だが、いつもまぶしそうに細められた目は微笑んでいるようにも見え、実際極めて温厚な人物であった。

本人曰く、〝こうして笑ったようにしていないと、子供に泣かれてしまう〟のだそうだ。

「明日見殿も、なかなかの面構えですなぁ」

初顔合わせの時、レスターは僚の顔を見て嬉しそうに笑った。

「は、はあ……」

〝……あんたほどじゃないわ!!〟

遠回しな言い方に、僚はグサリと心を抉られたが、妙な親近感を覚えたのも確かだった。

しかし、今そのレスターの双眼は獲物を狙う猛禽のように開かれ、温厚さは影を潜める。

「いきます！」

僚は掛け声と共に間合いを詰め、レスターの左肩を目掛け木剣を振り下ろす。

レスターは木剣を持った右手をだらりと垂らした状態だ。彼の剣からはそこが最も遠い距離である事を見越しての一手だった。

だがレスターは、その攻撃を体捌きで左に躱すと同時に、がら空きになった僚の右脇腹目掛けて振り上げた。まるで最初から僚の動きを知っていたかのように。

僚は剣が当たる一瞬前、左に跳んでそれを辛うじて躱し、振り向きざま横薙ぎに振りぬく。

レスターは一歩身を引き、事も無げに躱す。

直ぐに切り返し右から左へ。それも躱される。

構わず連撃。

下から切り上げ。

上から袈裟懸け。

右、と見せかけフェイント。

だがレスターは、それをことごとく躱して見せる。

そう、一度も剣で受ける事無く、体捌きだけで僚の攻撃を躱しているのだ。

そして攻撃の後、大きく出来た隙に対して繰り出される突き。

唸りを上げ切っ先が迫る。

〝まずい!!〟

僚は後ろに転がり、何とかそれを躱す。

〝追撃が来る〟

僚は立ち上がりもせず後ろに跳び、大きく距離を取った。

「参ったな……」

これまで何度も訓練を続けてきたが、いまだにレスターから一本取る事はおろか、彼に剣で受けさせる事さえできなかった。

一方、直斗は既にレスターとほぼ互角に対峙し、剣に属性をのせた技を幾つも習得していた。

称号とスキルを持つ直斗たちとの、圧倒的な差。それは絶望的とも思える、乗り越える事のできない大きな壁。それでも僚はあきらめたくなかった。

何かあるはず……。

「そうだ」

一瞬の思考の後、僚はレスターをキッと睨み無言のまま、

〝SET〟

全身のパワーを両脚に掛け、一気に爆発させる。

土煙が上がり、瞬く間に距離が詰まる。

一直線に迫る僚の速さに、レスターは顔を歪める。右か左か、考えている暇は無い。

次の瞬間、僚の目線が僅かに右に動くのをレスターは見逃さなかった。

〝右か！〟

僚の身体が右に揺れる。

〝来る〟

レスターは左へ。

だが。

「なにっ⁉」

視界から僚が消えた。

ガキィッ！

木剣同士がぶつかる激しい音。

レスターが反応できたのは、ほとんど偶然、いや本能と言えるだろう。幾多の実戦経験が可能にした、無意識のうちに繰り出された反射的な対応。

「ダメか、いけると思ったんだけど……」

僚は真っ二つに折れた木剣を見つめ肩を落とした。

「いえ、そうでもありませんぞ」

振り向くとレスターがゆっくりと近づいてきていた。

もう訓練は終了、そんな表情だ。

「御覧なさい」

レスターは口元を緩め、右手に持った自分の木剣を見せた。

「あ……」

それは僚の物と同じく、真ん中からポッキリと折れていた。

「初めて私に剣で受けさせましたな」

「……でも、一本取る事はできませんでした」

レスターの剣を折ったとしても、自分の剣も折れたのだ、それに勝ったわけでもない。僚は、手放しで喜ぶ気分にはなれなかった。

「もしや、日向殿と御自分を比べておられるのですかな？」

「えっと、それは……」

「確かに日向殿は剣士として、魔法戦士としての才がおありだ。それは途方もない大きなものでしょう」

レスターは僚の肩にぽん、と手を置いた。

「ですが、人は一人ひとり違うもの。明日見殿は明日見殿の高みを目指されればよろしいのではありませんか」

僚は顔を上げレスターの目を見た。

「俺は、俺の高みを？」

「ええ、先程の攻撃は見事でした。一瞬目の前から消えましたからな。どうやら明日見殿は打ち合うよりも距離をとり、スピードを生かした動きで翻弄（ほんろう）する戦い方が向いておられるようだ」

僚は、下を向いて考えこむ。

「スピードを、生かす……」

僚の中で、何かが弾けた気がした。

その日の夜。

僚は昼の訓練で閃(ひらめ)いた感覚を確かなものにしようと、いつものように訓練場に一人立っていた。

剣の訓練に使う、打ち込み用の立ち木が等間隔で並んでいる。一本一本の距離はおよそ五メートル。これは並んで稽古しても、お互いの剣がぶつからない為の配慮らしい。

数は六本、合わせた距離は二五メートル。

僚は右端の立ち木から、更に十メートル程の位置につま先で線を引く。

「こんなもんかな？」

刃引きされた剣を抜き逆手(さかて)に持ちかえる。

いまだぼんやりとしたイメージが頭の中にあるだけだった。

「とにかく、やってみるか」

僚は立ち木に背を向けその場で二、三回ジャンプした。

そして、やにわに振り向き立ち木へと駆ける。

一本目を右に躱し切り返す。

速度を落とさないよう二本目を左へ。僅かに身体が流れる。

「くっ」

三本目、右へ。

四本目左。大きく膨らむ。

無理やり体勢を立て直し五本目。スピードが落ちる。

そして六本目、すり抜けざまに剣を振りぬく。

「痛っ」

タイミングが合わず、思わぬ衝撃が右手に走り剣を落としてしまう。

「ま、初めはこんなもんか」

剣を拾い一旦鞘に納める。

そのまま剣を下げた位置を眺め、暫く考える。思っていた以上に邪魔だ。剣は太目のベルトに鞘を固定するようになっていて、それ程ぶれる事は無い。だが、それはあくまで戦闘時においての事で、走る場合は左手で抑える必要がある。実際に全力で走ってみると、何度か鞘が踵にぶつかった。

それだけではない。靴もこちらで支給された騎士用のブーツで、これもまた走りづらかった。

「鞘をそこらに放っておくってのもなぁ」

僚の脳裏に有名な剣豪の台詞が浮かぶ。

「ま、後で何か考えよう」

僚はもう一度剣を抜き、今度は反対の方向へ軽めに走り、歩数を数えようとして重要な事に気付いた。

「ハードルじゃないんだから、ここで歩数を合わせても意味ないな」

実戦では、敵や障害物の間隔は常に違っているだろう。ここでの練習はあくまでも切り返しのスピードだ。

「もう一回！」

折り返して徐々にスピードを上げてゆく。

それから何度も、立ち木の間をジグザグに走り抜ける動作を繰り返す。

だが何かしっくりこない。

そして、思い切り蹴り足に力を籠め左に跳んだその時だった。

「うわっ」

着地したと同時に蹴りだした左足が大きく滑り、そのスピードのまま派手に転がってしまった。

「痛た……」

受け身は取ったつもりだが、二、三回は転がったのだろう。肩と背中を地面にぶつけたようだ。

僚はゆっくりと立ち上がろうとしたが、左足首に激痛が走り身体を支えきれずに倒れこむ。

「うぐっ」

思わず呻き声が漏れる。

この痛みはかなり不味い。しかもブーツの中にどろっとした感触がある。出血しているとすれば、解放骨折の可能性が高い。

見たくはないが確認しないわけにもいかず、ブーツに手を掛ける。少し動かしただけで激しい痛みが全身を貫き、その度にうずくまり息を止めて耐える。

「大丈夫ですか！」

不意に背後から声が聞こえた。

振り向くと、息を切らし慌てた様子で駆けてきたのはなんとパティーユだった。

「え？」

僚は予想外の人物の登場に、驚き戸惑ってしまい言葉が出てこなかった。

「動かないで、すぐ治療します」

パティーユは僚のすぐ脇にかがみ込み目を細めて頷く。

「大丈夫、これでも私治癒術師なのですよ」

「あ、はい」

「生命（いのち）の輝きよ、かの者の傷を癒したまえ、ヒール」

パティーユが囁（ささや）くような声で呪文を唱えると、かざした両手から柔らかな光が生まれ、僚の全身を包んだ。

すうっ、と痛みが消えてゆく。

「治癒魔法……」

ある程度の説明は受けていたが実際に見るのも、もちろん自分で体感するのも初めてだった。

「立てますか？」

パティーユは、僚の背中にそっと手をまわし優しく支えた。

「ありがとう、あの、もう大丈夫です」

少し気恥しくなって離れようとするが、パティーユは僚の左腕をしっかりと握りしめ、にっこりと微笑んだ。

「そちらのベンチで暫く休みましょう、ね」

身体をぴったりと寄せ、パティーユは上目遣いに僚を見つめる。

僚の左腕にふんわりと柔らかい感覚。

「あ、あの……」

「はい？」

「いえ、すみません」

パティーユは気付いていない。

僚は何の疑いも無く見つめてくるパティーユのまっすぐな瞳に押され、本当の事を口に出せなかった。

顔が火照っているのがわかる、多分真っ赤になっているはずだが、幸い月明りの下では、それをパティーユに気付かれる事はなかった。

二人は寄り添いながら、訓練場の端にあるベンチへと歩く。

「痛くありませんか？」

「はい……」

「もう少しゆっくり歩きましょうか？」

「あ、いえ……」

ベンチまでのそう長くない距離の中でも、パティーユはたびたび気遣いの言葉をかけるのだが、僚の返事は素っ気ないものばかり。

「あの、すみません」

もう少し気の利いた事を言えないものかと、自分が情けなくなり結局出た言葉はそれだった。

二人並んでベンチに腰を下ろす。何気ない様子で、間を開けずに座ったパティーユを見て、僚はそそくさと一人分の間隔を開けて座り直した。

「そんなに慌てなくても」

パティーユは右手を口元に当て、くすりと笑った。

「そ……確かに」

僚もつられるように笑った。女の子と触れ合う機会が無かったとはいえ、あまりにも慌て過ぎて、自分で思い返しても滑稽だ。

「でも何で王女様が、こんな所に？」

「あ、え？　そっそれはそのっ、た、たまたま？」

ふと思いついた疑問を口にしただけで、全く他意はなかったのだが、その言葉に今度はパティーユが慌て、引きつった笑顔で小首を傾げている。

「もしかして、ずっ……」

「よ、夜風に当たろうと散歩していたのですっ、そうしたら明日見様が倒れるのが見えまして！それでこれは大変と思い駆け寄ったのですっ」

僚の言葉を遮るパティーユの、慌てぶりが凄い。

「たまたま、ですか」

「たまたまです」

パティーユはこくこくと何度も頷いた。

よく分からないがこれ以上追及しない方がよさそうだと僚は思った。

「……」

「……」

しばらく続く沈黙。

話題を変えようにも、二人とも肝心の話題が思いつかない。

「痛みは、ありませんか？」

居心地の悪い空気を変えようと、パティーユが先に口を開く。

「はい、もう大丈夫です。助かりました」

痛みはすっかり引いているし、触った感じも異常は無い。これが元の世界だったら、手術してその後、何か月も治療とリハビリが続いていただろう。これならすぐにでも練習を再開できる。

「でも、今日はもう無理をしてはダメですよ」

パティーユは人差し指を立て、諭すような口調でじっと僚をみつめた。

「な、なんで分かったんですか？」

「何となく分かりますよ、ずっと見ていたのですから」

「ずっと?」

「ええ、ずっ……と……」

パティーユは両手で口元を隠した。が、今更だ。

「いつからですか?」

「……多分、最初の日から……」

パティーユはがっくりと肩を落とした。

あの夜、僚の走る姿にすっかり引き込まれてしまった。

次の日も同じ時間に僚はやってきて、訓練を始めた。そして次の日も、また次の日も。訓練の内容は違っても、僚のそのひたむきな姿は見ていて気持ちが良かった。

そして毎夜訓練場へ通うのは、パティーユにとっても日課となった。

「声を掛けてくれれば良かったのに」

「え……?」

「あ、えっと、声を掛けてくれればって思って」

僚の言う通り、何度か声を掛けようと思った事はあった。だがその度に思いとどまった。邪魔しては悪い、という相手を気遣う思いと、この時間を壊したく無い、という自分の中の思いと。

〝迷惑だと言われたら〟

結局パティーユは、今夜まで声を掛ける事ができなかった。

「面白くないでしょう? 練習なんか見てても」

責めるわけではなく、僚は不思議そうに尋ねた。

「そんな事はありません、とても素……興味深かったです……でも、迷惑でしたか？」

迷惑も何も、実際パティーユがいる事に、僚は今まで気付いていなかったのだ。それに見られて不味いものでもない。ここで夜訓練をしている事は誰にも話していないが、特に秘密にしたい訳でもない。

「全然、迷惑じゃないです」

「本当に？」

さっきまでは、自信に満ちてあれほど朗らかな表情だったのだが、今は眉をひそめ何処か不安な様子で見上げてくる。

「ホントです。見てて楽しいかどうかは分からないけど、今度からは声を掛けて下さい」

何気ない僚の一言に、パティーユは弾ける様な笑顔を返した。

「また見に来てもいいのですか？」

「はい。それに今日みたいに怪我した時とか、治療してもらえたりしたら、ありがたいなぁって……」

「も、勿論ですっ、任せてください！」

パティーユはぴんっと背筋を伸ばし、右手を自分の胸に置いた。

「楽しみです」

そっと呟いて笑みを零し、パティーユは右手で髪をかきあげ、そのまま耳を覆うように手を止める。

「あっ」

僚は、そのパティーユの仕草に目を見開いた。

「あの、どうしました？」

「それ……」

僚の指さした先が自分の耳元にあるのに気づき、パティーユは恥ずかしそうに顔を背ける。

「癖なのです、嬉しい事があるとつい出てしまって」

それからわたわたと手を下ろし、膝の上に置いた。

「……癖……」

僚の小さな呟きは、夜を照らす月の明かりに溶けていった。

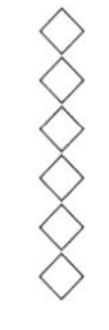

「いたぞ、みんな隠れろ」

直斗は小さな声で、全員に身を低くするよう左手で合図した。後に続く四人が、直斗に倣って低木の陰に身を潜める。

「あれ、ゴブリンですかね？」

直斗の隣に進んだ僚が、前方の生物を見て囁く。

「わ、キモっ」

二人の後ろで、思わず声を漏らした有希は慌てて口を両手で塞ぐ。僚と直斗は人差し指を口元に当て、全く同じタイミングで振り返った。

〝静かに〟

有希は口を塞いだまま、何度も頷く。今見つかるのは避けたい、ここにいる五人全員がそう思っていた。

この世界に召喚されて二週間。剣術や魔法の訓練を受け、戦う為の基本は習得した。そしていよいよ次のステップへ進む。実戦訓練である。

エルレイン王国、王都の北に位置するシャールと呼ばれるこの森は、出現する魔物もゴブリンやフォレストウルフといった低級のものが多く、駆け出しの冒険者たちにとって格好の狩場となっている。

初めて見る魔物に、直斗たちは緊張の面持ちで息をひそめる。目の前にいるのはゴブリン、身長百二十五〜百三十センチ程の人型の魔物だ。皮膚は緑で張り艶が無く、真ん中に窪みのある歪な禿た頭に尖った耳と顎。顔の大きさに比べ異様な大きさの鉤鼻。真赤な目に牙の覗く口。その姿は、元の世界では目にする事のない醜悪なものだった。

「どうやる？」

直斗がゴブリン達から目を離さず言った。

敵の数は五体、それぞれこん棒や、錆の浮いた剣を手にしている。最下位にランクされているゴブリンだが、戦う術を持たない一般人にとって、出会えば命の危険のある魔物だ。勇者といえ実戦経験の無い直斗たちならば、油断していい相手ではない。

「まともに行かないほうがいいと思います」

僚が答える。

初めての戦闘で誰にも怪我を負わせたくはない。僚は、相手との位置関係を観察しながらそう思っていた。

「穂積さんと葉月さんに先制してもらって」

「俺と明日見と有希で接近して殲滅」

「二人の射線を塞がない様に」

「だな」

僚と直斗が頷きあって剣を抜く。

「恵梨香、ほのか、奴らの真ん中を狙って弓と魔法をぶっ放してくれ」

「分かりました」

恵梨香が静かに矢筒から矢を取り出す。

「うん」

ほのかは囁く様な声で呪文の詠唱を始める。

「俺は左から、明日見と有希は右から頼む。タイミングを合わせてな」

「オッケー」

有希が手甲を装着した拳に力を籠める。

ゴブリン達はまだこちらに気付いていていない。

「三、二、一、いくぞ!!」

直斗の合図とともに恵梨香が矢を放つ。

「疾風！」

風の属性をのせた一撃。

「闘志の炎、十六夜（いざよい）の空に飛散せよ、フレアバレット！」

ほのかが叫び拳大の火球が飛ぶ。

同時に直斗、僚、有希が左右から飛び出す。

一体のゴブリンの頭を恵梨香の矢が貫く。

火の魔法がもう一体の胸を穿（うが）ち燃え上がる。

「うおおおお！」

持前のスピードで先行した僚が、残りの群れに飛び込み一体を切り伏せる。

残り二体。

「こっちだ!!」

直斗が叫び二体のゴブリンの意識を向けさせる。

振り向いた一体を横薙ぎに両断する。

あと一体。

混乱し逃走を図ろうとした残り一体の腹に、有希が走りざま炎の属性をのせた突きを叩きこむ。

吹き飛んだゴブリンはぴくりとも動かない。

終わった。

「はぁはぁ」

僚、直斗、有希の三人はその場で座り込み激しく息を切らした。

「うっ」

有希が蒼白な顔で口を押え木の陰へ走っていく。

「有希ちゃん！」

ほのかが、うずくまった有希のそばへ駆け寄る。

「大丈夫ですか？」

恵梨香は僚たちの前に屈みこんだ。

「まだ……手が震えてる」

「俺もです……」

僚と直斗は剣を置き、お互い震える自分の手を見つめていた。

初めて生き物を殺した。しかも魔物とはいえ人型の生き物だ。戦闘中はそれこそ無我夢中で、ただ相手を倒す事だけしか考えていなかった。

だが手には肉と骨を断つ感触が明確に残り、敵を倒した高揚感（こうようかん）と、生き物を殺した嫌悪感がないまぜになって酷く気分が悪い。

「なんか俺も吐きそう」

「分かります」

木の陰にうずくまり、ほのかに背中をさすってもらっている有希。剣を使う僚や直斗と違い、有希はミスリル製とはいえ手甲を付けただけの拳で直接殴ったのだ。

「大丈夫かな、高科さん」

僚は有希をちらりと見たが、すぐに視線を戻した。彼女もあまり見られたくはないだろう。

「大丈夫、何日か夢でうなされるぐらいだろ」

「それって俺たちも、ですよね？」

僚が口元を緩め、直斗が頷く。二人は声を殺して笑った。

「本当に大丈夫ですか？　青い顔をしてたと思ったら、いきなり笑い出して」

恵梨香は眉をひそめて首を傾げた。

「俺たちはもう大丈夫、それより恵梨香は平気か？　あと、ほのかも」

直斗は目の前の恵梨香と、有希の隣にしゃがんだほのかを交互に見た。

「わたしたちは、平気です。日向さんたちと違って直接……」

弓と魔法の攻撃だったため、恵梨香とほのかにはあまり実感が湧かなかったのだ。

「ああ、距離があったからな」

言い淀んだ恵梨香をフォローするように、直斗が笑顔で頷く。

「なかなか、見事な戦いぶりでした」

低木を掻き分けて現れたのは、僚たちの剣術指南役のレスターだった。レスターは他の教官役の者たちと共に、一定の距離を保ちながらついてきていたのだ。

勿論、直斗たちもその事を知っていた。

「冷静な判断、的確な作戦、さらに全ての敵をそれぞれ一撃の下に屠る。初めての戦闘でこれ程とは。いや、たいしたものです」

レスターは、細い目を更に細め何度も頷く。

多少心に引っかかるものは残った直斗だが、誰も怪我をしなかった事には、及第点以上をつけてもいいと思えた。

「我々はまた、少し離れた所でついて行きます、では」

レスターは軽くお辞儀をして、現れた時と同じく低木を掻き分け去っていった。

「じゃあ俺たちも行くか」

胃の中をすっかり空にした有希が戻った後、僚たちは再び森の中へと進んだ。

途中、何度か魔物の群れに遭遇したが、どれも危なげなく対処できた。ゴブリン以外にも、湿気の多い場所に生息するスライム（僚たちが想像していたのは、ぷよぷよの丸いやつだが、実際は巨大なアメーバといったところ）。アルミラージと呼ばれる一角ウサギ（これは中型犬ほどの大きさで額に長く尖（とが）った角があり、ウサギと名が付いているが、肉食で非常に獰猛な魔物である）。

ただし、二種ともゴブリンと同じく最下級のランクで、襲撃方法も単純なため戦うというよりも狩りに近かった。そう考えると、魔物を殺す、という嫌悪感も徐々に薄れて軽くなり、初めの頃よりは冷静に戦えるようになった。

ただ、一度ゴブリンに不意を衝かれた時、有希は焦ってしまい咄嗟に動くことができなかった。

それは恵梨香とほのかも同じで矢を番(つが)える暇も、呪文を詠唱する暇も無い状況に陥ってしまった。

この時は、ほぼ条件反射で動いた僚が有希を庇い、僚の作った僅かな好機をついた直斗が、襲ってきた二体のゴブリンを倒し事なきを得た。

「さっきはありがとう」

森の少し開けた場所で昼食をとり終え、車座(くるまざ)に雑談を交わしている時、有希が僚の隣に座りぺこりと頭を下げた。

「あ、はい」

勝気な見た目と違い、有希は意外に素直だったり涙脆かったりする。

「怪我、大丈夫だった？」

有希を庇った時、僚は左腕に傷を負った。傷は多少深かったが、随行(ずいこう)していた治癒術師からすぐに治療を受けたので、命にかかわるほどの出血は無かった。

「大丈夫、気にしないで」

僚は傷のあった左腕を軽く叩いてみせた。

「服、やぶれちゃったね……」

大きく裂けた僚の服の左袖に目を向けた有希は、心なしか震えている。

怪我をした直後、僚の腕は真っ赤に染まり、湧き出す水のように血が滴(したた)り落ちていた。

普通の女子高生が、あれほどの出血を目にすれば、気が動転してしまうのは仕方がない事だ。ましてそれが、自分をかばって受けた傷となればなおさら。

「あ、でも血の跡は魔法できれいになったから、平気です。便利ですよね、生活魔法って」

生活魔法は攻撃系、治癒系、補助系とは異なり、主に日常生活に使われる魔法で、低い魔力、少ない魔力量でも比較的簡単に発現できる。

中でも火をおこす着火（アリュマージュ）、汚れや臭いを超音波で洗い流す洗浄（プロープル）は、冒険者や行商人などにも使える者が多い。

「うん、ホントありがとう」

あれからずっと俯いていた有希の顔に、ようやく笑顔が浮かんだ。

僚はあえて微妙に話題をずらしている。

有希にも、それが何のためなのか、しっかりと分かっていた。

〝私に……気を使わせないため、だよね……〟

「明日見君って、けっこうたらしだったりする？」

有希が横目で見る。

「え？　なんですか？」

僚は意味が分からず聞き返した。

「ぷっ」

直斗が噴き出すと、それにつられて恵梨香とほのかもくすりと笑った。

「明日見くん、自覚ないんだねぇ」

「咄嗟の判断力はずば抜けているみたいですけど」

僚は眉をひそめ首を捻る。

「咄嗟の……判断力、ですか？」

「うん、冗談抜きにそれが明日見の能力じゃない？　瞬間的な洞察力と判断力、スキルとか関係無しにさ」

直斗の言葉は、その後すぐに実証される事となった。

◇◇◇◇◇

僚が森の変化に気付いて足を止めたのは、昼食の休憩場所からさらに奥へと進み暫く過ぎた頃だった。

「何か、おかしくないですか」

僚の言葉に直斗たち四人も立ち止まる。

全員が耳を澄まし、辺りの様子を窺う。

「静かだな……」

木々の上方を注意深く探っていた直斗が、視線を落として呟いた。

「鳥や虫の声がしないんです」

僚は剣に手を掛け、直斗もそれに倣う。

確かに、さっきまではあれほど聞こえていた鳥や虫の鳴き声が、今はぴたりと止んでいる。

正面の草木が揺れ、姿を現したのは、子牛ほどもある灰色の体毛を持ったフォレストウルフだった。

「後ろにも！」

ほのかが叫んだ。

「待って、こっちも！」

「こちらもです」

左右から現れたフォレストウルノに有希と恵梨香が身構える。

「こいつら、ゴブリンより強いんだよな？」

「それにかなり素早いって話です」

直斗の問いかけに、森に入る前に受けた説明を思い出しながら、僚が応えた。

フォレストウルフはゴブリンよりも上位の魔物で、動きが早く群れで狩りをする。

六頭のフォレストウルフがゆっくりと包囲網を縮めてくる。

「快速の矢、瞬(また)け、マジックアロー!!」

ほのかが魔法を発動する。手のひら大の透明な魔力の鏃(やじり)が一頭のフォレストウルフ目掛け飛ぶ。

マジックアローは無属性の初級魔法で、威力は無いが発動が早く速度もあり、敵を牽制(けんせい)するのに用いられる。

ほのかが放ったのは三発。

だが、フォレストウルフは高く跳躍し全て躱す。

恵梨香が別の個体に弓を射るが、それも躱される。

「反応が早いです、気を付けて！」

近づいてきた一頭に、直斗が横薙ぎに切りつける。フォレストウルフは後ろに跳躍し剣が空を切る。

「こいつら、俺たちの動きが見えてんのか」

一連の動きを窺っていた僚は、ある事に気が付く。

フォレストウルフたちは一斉に襲って来ず、交互に仕掛けている。それは僚たちの陣形を崩すためと思える動きだった。

「日向さん、ちょっと試したい事があります。そこを動かないで」

「え？」

僚は直斗たちから一歩二歩と離れていく。

そして一頭だけ距離を置き動いていないかった、群れのリーダーと思われる個体に向け走る。

「明日見！」

別の個体が後ろから追いかけて来る。

〝思った通りだ〟

僚が速度を落とした瞬間、フォレストウルフが飛び掛かる。それはまさに、逃げる獲物を後ろから襲う狼そのもの。

だが、僚の狙いはそこにあった。

振り向きざま逆手に持った剣を突き立てる。

大きく口を開け飛び掛かってくるフォレストウルフ。だが、いかに素早いといっても空中では身を躱す事はできない。

口から後頭部を剣で貫かれそのまま絶命する。

背を向けた僚に、群れのリーダーが襲い掛かる。

だがそれも僚の読み通りだった。

「だあああ！」

噛みつかれる間際、ガントレットを装備した左腕を水平に構え、フォレストウルフの口の奥へ押し込む。

「ほら、噛み千切ってみなよ」

僚は剣をくるりと回し、フォレストウルフの腹に突き刺しそのまま切り裂く。

フォレストウルフは内臓をまき散らし崩れ落ちる。

「日向さん！　こいつらの武器は牙です、攻撃を仕掛けて来る瞬間を狙ってください！」

「分かった！」

フォレストウルフは動きは速いが、個々の攻撃方法は単純だ。その武器は長く鋭い牙で、獲物を襲う際は必ず噛みついてくる。

習性が分かれば、直斗たちの敵ではなかった。

「旋光（せんこう）！」

直斗は襲い掛かるフォレストウルフの口に、光属性の剣技を衝きこむ。

「大地の怒りよ、仇（あだ）なす者を撃ち砕け、メタルバレット!!」

ほのかが土系魔法で、金属の弾丸を飛ばす。

「双牙っ」

ジャンプして躱したところを恵梨香の風属性弓術が撃ち落とす。

「火燕！」

有希の貫手突きがフォレストウルフの喉を貫く。

仲間を悉く倒され、残った一頭は逃走を図る。

「魁偉の風刃、阻害なる敵を断罪せよ、ウインドカッター!!」

二枚の風の刃が走り去るフォレストウルフを切り裂いた。

「何とかなったな」

剣を鞘に納めながら直斗が呟いた。

「やっぱ、大事なのは連携だね」

有希はまだ少し青い顔で笑った。

「それにしても……」

ほのかが眉をひそめて僚に詰め寄る。

「明日見くん、無茶しすぎ！」

「えっ」

いつもおっとりしたほのかが、大きな声を出した事に僚は驚いた。

「自分の腕を噛ませるって、怪我したらどうするの」

「す、すいません、あの」

じっと僚を見つめた後、ほのかはいつものようににっこり笑った。

「ま、明日見くんのお陰で皆ちゃんと戦えたし……うん、分かればよろしい」

「は、はぁ」

僚はほっと胸をなでおろす。これ以上叱られる事はなさそうだ。

「明日見君、天然系のたらしかな……」

有希の呟きは、誰にも聞こえなかった。

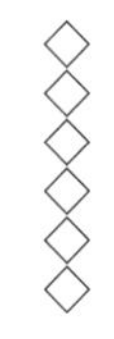

「お疲れ様です」

いつものように一人特訓を終えた僚に、パティーユがそっとタオルを渡す。

「あ、ありがとうございます」

僚はタオルを受け取り額の汗を拭った。

「おやすみになる前に、少しお話をしませんか？」

パティーユは笑顔を見せ、ちょこんと小首を傾げる。

あれからパティーユは、毎晩僚の訓練に顔を出すようになった。そして訓練が終わると、二人でベンチに座り暫くの間話をするのが日課になっていた。お互いのその日の出来事。この世界の事や僚たちの世界の事。パティーユは特に、魔法の無い世界での人々の暮らしぶりを興味深く聞いていたのだった。

　いつものように僚の右側に腰を下ろすと、パティーユは脇に置いた包みを開いた。

「あの、お夜食にどうかと思って……」

　そう言って包みの中身を膝の上に乗せた。

「わ、サンドイッチですか」

「お口に合うといいのですが……」

　そっと、遠慮がちにサンドイッチを差し出したパティーユの顔は、ほんのりと赤くなっている。

「もしかして、王女様が？」

　パティーユはこくりと頷いた。

「じゃあ、遠慮なく頂きます」

　僚はローストされた肉と刻んだ野菜を挟んである、少し贅沢なサンドイッチを一つ手に取り口に運ぶ。

　パティーユはその様子を心配そうな顔で見つめていた。

「あ、おいしいです」

　パンは日本の物より少し硬めだが、具材との相性も抜群で口当たりも良い。お世辞抜きで美味しかった。

「本当ですかっ」

　パティーユは声を弾ませ、弾ける様な笑顔を浮かべた。

「明日見様、こちらもどうぞ」

もう一つの包を開き、パティーユは両手でそっと僚の目の前に差し出す。

「え？　これ……」

「ホイップクリームとフルーツです。明日見様、好きだろうと思いまして」

「あのっ、なんでそれをっ？」

僚は目の前のホイップサンドとパティーユの顔を交互に見比べる。確かに甘い物もホイップサンドも好きだが、こちらに来て誰かにそれを話した事はない。

「え？　あ……何故でしょう？　何となくそんな気がして……？」

パティーユが頬に指を添えて首を傾げる。

「もしかして甘い物は、苦手でしたか？」

困ったように眉をハの字にして、パティーユが遠慮がちに尋ねた。

「いえっ、大好きですっ」

僚は差し出されたホイップサンドを一つ摘まみ、口へ運ぶ。

嬉しそうに頬張る僚を眺めて、パティーユはたおやかに目を細めた。

「あ、あの？」

「ああ、申し訳ありませんっ。じっと見ていたら食べづらいですね、あの、明日見様、お茶をどうぞっ」

何故か取り乱した様子で、パティーユは携帯用のティーポットから紅茶をカップに注ぎベンチに置いた。

「ありがとうございます」

カップに伸ばした僚の手が逡巡して止まる。

「紅茶はお嫌いですか？」

「ああ、いえ、そうじゃなくて、その明日見様っていうのは……」

現代の一般的な日本人、しかもただの高校生が様付けで呼ばれる機会などほとんど無い。

レスター達は明日見殿と呼ぶが、それもなんとなくしっくりこない。どうにも現実感がなく、自分が呼ばれている気がしないのだ。

パティーユは、暫く俯いて何やら考えたあと、意を決したように顔を上げた。

「では、私の事も王女様、ではなく名前で呼んで下さいっ」

まさかそう言い返されるとは思わず、僚は一瞬身を引いた。

「じゃあ、パティーユ様？」

「なぜ、様が付いているのですか」

パティーユは眉根を寄せ上目遣いに睨む。全く怖くはない、が、有無を言わせぬ迫力がある。

「えっと、パティーユ……なんか呼びにくいな……じゃ、パティ……」

「パティ……ですか」

パティーユは顔を上げ丸く大きな瞳を、誰が見ても分かる程の期待を滲ませ、更に大きく見開いた。

「パティ……いいですね、えへっ、ではこれからパティ、と呼んでください！」

どうやらツボにはまったらしい。

「……パティ……ふふっ……」

パティーユは髪をかきあげた右手で耳を覆うように止め、何度も自分の愛称を口にしながら笑っている。

僚にはなぜパティーユがそこまで喜ぶのか不思議だったが、考えてみれば王族である彼女の事を愛称で呼ぶものなど、今まで居なかったのかもしれない。

「お友達に……なったみたい」

「いいんですか？　俺なんかがその、友達なんて」

異世界とはいえ相手は王族、僚は距離感を掴みかねていた。

「もちろんですっ」

パティーユは笑顔で即答した。

「じゃあ、俺の事は……」

「僚！　あっ」

パティーユは勢いよく言った後、はっと我に返り顔を真っ赤にして下を向いた。

「じゃあ僚って呼んで下さい」

養護施設や学校では、僚か僚君と呼ばれていたのだから名前で呼ばれる事に抵抗はない。

〝僚ちゃん〟なら速攻でお断りしていただろうが。

「そう言えば、今日は大活躍だったそうですね……僚」

パティーユの顔はまだうっすらと赤いままだった。

「そんな、大活躍ってほどじゃ」

「高科様たちから伺いましたよ、僚のお陰で無事に闘えたって」

(話がかなり盛られているんじゃないか……？)僚は少し居心地が悪くなり頭に手をやって軽く掻いた。

「それで、これを僚に」

パティーユが取り出したのは、刀身が六十センチメートル程のショートソードだった。

「剣なら貰ってますよ」

実戦訓練に入る前、僚たちには王家から武器が支給された。僚が受け取ったのは直斗と同じミスリル鋼で打たれたロングソードだ。

ミスリルは魔法との相性が良く、魔力を纏わせた属性攻撃に耐えられる性質を持つ。

ただ、魔力の無い僚にとっては軽くて丈夫で切れ味の良い剣、というだけで特殊な効果は望めなかった。

それでもこの世界の騎士や冒険者からすれば、非常に高価でおいそれと手に入れる事が出来る物ではない。

「この剣には、風の魔法が付与されていて、使う人の敏捷性を僅かですが上昇させます」

パティーユから差し出された剣を手に取り、鞘から抜いて目の前に掲げた。

「魔力を持たない僚には、そちらの方がいいのではと思って」

僚は立ち上がり二、三歩離れるし、何度か剣を軽く振ってみる。

魔力を感じる事はできないが、確かに剣速が上がっている。それにロングソードより取り回しも良い。

「ありがとう王女様、大事に使わせてもらいます」

僚が剣を鞘に納め振り向いて頭を下げると、パティーユは立ち上がって僚の隣に立ち耳元に口を寄せた。

「パ、テ、ィ、ですよ」

腕にふんわりと柔らかい感触。

「す、すみません、パティ」

……色んな意味で……。

◇◇◇◇◇

「ではエマーシュ、報告を」

「はい殿下。現在勇者様方の訓練は順調に進んでおります。十分に試練の迷宮へ挑めるかと」

「それ程ですか」

「はい、日向様はじめ高科様、葉月様、穂積様の従士方も既にそれだけの力をつけておいでです」

エマーシュは隣に立つレスターに目配せをした。賛同の意を込めてゆっくりそして大きく頷く。

ここにいる二名はレスターが武術の、エマーシュが魔法の、それぞれが勇者育成の責任者である。

加えてエマーシュは歴史や一般常識も担当していた。

「あの、りょ……明日見様はどんな様子ですか」

二人の報告に僚の名前が出てこなかった為、パティーユは少し不満げな声で聞いた。

「明日見殿は……」

腕を組みゆっくりと、まるで自分に言い聞かせる様にレスターが口を開く。

「私見ではありますが、明日見殿は実際の戦闘より、指揮や参謀に向いているように思えます」

「どういう……事ですか？」

僚が、それこそ血の滲む様な努力をしているのを、毎晩そばで見て来たパティーユは、納得しかねる顔でレスターを鋭く睨み付けた。

「常に戦闘を俯瞰出来る洞察力と、的確な状況判断。現に日向殿をはじめ従士方も明日見殿の意見を重用しておいでです」

「……そうですか」

パティーユは胸元に手を添え、零れるような笑みを浮かべた。

そのしぐさにレスターは首を捻る。

「あの、殿下？」

「あっ、は、はいっ。それで他には何か、ありますか？」

パティーユは大慌てで、話題を戻した。

レスターは気付きもしなかったが、エマーシュはそんなパティーユを見て意味深に口元を緩めた。

「少々気になる事が一つ」

レスターが顎に手を添え思い出したように言った。

「気になる事ですか？」

「はい。日向様をはじめ、未だどなたも御自分のステータスを見る事ができないご様子です」

勇者を含め召喚された異世界人に限り、ステータスを表示させる事によって、目の前に賢者の石板と同じ内容が浮かび上がる。ただし、他人のステータスを見る事はできないし、この世界の人々にステータスやスキルの概念は無い。

つまり賢者の石板を使っても、魔力と魔力量の二つしか表示されないのだ。

「二、三回戦闘を経験すれば、本人の意思でステータスビュアーを開く事ができるようになるはずでは？」

パティーユは心の中で念じ、ステータスビュアーを表示させた。

〝パティーユ・ユミルアンヌ・エルレイン〟
称号　エルレイン王国の王女　賢者
年齢　18歳
魔力　１６０
魔力量　６８０
スキル

魔法　水、風、聖
身体能力補正
　アビリティ　魔力、理力

　異世界人だけでなく、その血を継ぐ者にもステータスが適用されている。

　パティーユのエルレイン王家も、過去の勇者の血を受け継ぐ三王家の一つだった。

「私のものは表示されますから、全体の異常ではないようです。調べてみる必要がありますね」

「そちらは殿下にお願いしても？」

　レスターは申し訳なさそうにパティーユの顔を窺う。

「ええ、任せて下さい。大丈夫ですよ、そんな顔をしなくても」

　レスターはほっと胸をなでおろす。ステータスの概念さえ無いレスターやエマーシュにとって、この問題は理解を超えるものだった。

「それから、原因が分かるまで試練の迷宮への挑戦は延期します、問題はありますか？」

「いえ」

　レスターとエマーシュは揃って答えた。

「不必要な危険を排除するのは、私達の義務ですから」

　義務、を特に強調した様にレスターには聞こえた。

「他に無ければ、これで終了とします」

「はっ」

レスターとエマーシュは右手を胸に当てる王国式の挨拶をして執務室を出た。一階への階段へと続く王宮の廊下の途中で、レスターは不意に立ち止まり後ろを歩いていたエマーシュを振り返った。

「どうされました？」

エマーシュは訝しげに尋ねた。

「パティーユ殿下は、明日見殿の事を随分気にかけておいでのようだが」

「その事ですか」

「はじめは、勇者召喚に明日見様を巻き込んだのではないかと気に病んでおいででした。ですが今は……」

「今は？」

エマーシュの意味ありげな態度に、レスターは何か重要な事でも有るのかと続きを急かす。

だが、エマーシュはゆっくりと首を傾けて優雅に微笑んだ。

「それを聞くのは野暮（やぼ）、ではありませんか？」

レスターは一瞬何の事か分からなかったが、パティーユの顔を思い浮かべ、なるほど、と大きく何度も頷いた。

「エマーシュ、その明日見殿の事なのだが」

微笑みを浮かべていたレスターが不意に真顔になる。

「明日見様がどうかしましたか？」

「当分、目を離さぬほうがいいだろう」

レスターは目を閉じ腕組みをする。

「と、いいますと？」

「殿下にはああ言ったのだが……」

そう前置きしてレスターは続けた。

「日向殿や他の従士の方々の成長は目覚ましいものがある。しかも、これからまだまだ強くなられるだろう」

「そうですね、何者も及ばぬ程に」

「だが明日見殿はもう既に限界に近い、これ以上の伸びしろも望め無いだろう。残酷なようだが、このまま無理をさせれば待つのは確実な死だ」

レスターは一つ深呼吸をして間を開けた。

「早いうちに、他の道を示してやるべきだと思う」

「そう、ですね」

そう言った後二人は無言で歩き始めた。

廊下には二人の靴音だけが響いた。

中庭を見下ろす廊下の窓枠に腰掛け、僚は外を眺めながら、なんとなく気になっている事を考え

ていた。

僚たちの世界と、この世界。

科学が支配する世界に対して、魔法が支配する世界。

そして、召喚による二つの世界を跨いだ転移。

科学的な考察を好む僚にとって、小説のようなこの現状はなかなかに受け入れがたいものだった。

だが、これは夢ではなく現実だ。

そして、現実に転移があるのなら、転生もあり得ない話ではない。

「どうしました？　僚」

僚が振り向くと、パティーユがちょこんっと首を傾げていた。

「パティ……」

「はいっ」

パティーユは嬉しそうに返事をする。

僚はふと思った、召喚を行ったパティーユなら、或いは何か知っているかもしれないと。

「あの、僚？」

黙ったままじっと見つめる僚に、パティーユは少し戸惑う。

「パティ、一つ教えて欲しい事があるんですけど……」

「はい、何でしょう？」

「転生者、って聞いた事ありませんか？」

転生。二つの世界を越えた生まれ変わり。

僚たちの世界とこの異世界に、時間軸の繋がりはない。つまり、百年前に召喚された勇者が、百年前の世界からやってきたとは限らないという事だ。それならば、半年前に元の世界で亡くなった美亜がこの世界で転生し、すでに亡くなる前の年齢に達している可能性もあるのではないか。

勿論、僚の憶測でしかない。いや、都合のいい、望みでしかないのかもしれない。

「転生者、ですか……」

パティーユは腕組みして暫く考えた後、顔をあげて指先を口元に添える。

「これは、噂でしかないのですが……。この世界に飛躍的な技術革新をもたらした者、そのうちの何人かは、実は異世界からの転生者ではないかというお話があります」

「やっぱりいるんですね？」

僚の瞳が期待の色に染まる。

「古い文献の中に、幾つかそのような記述があったと思います。たしか……転生者は前世の記憶を持たない状態でこの世界に生まれますが、強い思いのあった事、大切に思っていた事などは断片的に覚えていたとか……」

パティーユは窓から見える空を仰いで、一つ一つ言葉を選ぶ。

「それから、これはあくまでも噂なのではっきりとは言えませんが、前世での興味や趣向、それから癖や仕草なども現れる事があるそうです」

「……さすがに前世の記憶を完全に残したまま、っていうのは都合よすぎかぁ……」

僚は独り言のように呟き、大袈裟に肩を竦めて笑った。

「ごめんなさい僚……あまりお役に立てませんでしたね」

「いえ、話が聞けただけでも良かったです、ありがとうございました」

転生者は存在する。僚にはそう思えた。

森の中の開けた場所に、薄緑の煌びやかな光が立ち昇る。

それは見る者全てが、我を忘れ見惚れてしまうほど幻想的な光景だった。

唐突に現れオーロラのように揺らめき、そして現れた時と同じく唐突に消えてゆく。

「綺麗……」

誰かが溜息交じりに呟く。その場にいた全員がその光景に見とれていた。

「あれは……龍脈(りゅうみゃく)の光ですね」

治癒術師のエマーシュが誰に言うともなく言ったが、彼女の目は光のあった場所を名残惜しそうに見つめたままだった。

僚たちは午後の実戦訓練を早めに終え、帰路に就く前に休憩を取っていた。

「龍脈、ですか？」

僚がエマーシュの言葉を確認するように聞いた。

「ご存知なのですか？」

エマーシュは少し驚く。

「あ、いえ。俺たちの世界にも龍脈って考え方があるんです、えっと」

「風水でいう気の流れ、の事ですよね」

うろ覚えの知識であった為僚は言葉に詰まるが、恵梨香がそれをフォローするように言った。

二人は口元を緩め頷き合う。

「気、ですか……こちらの世界と、それ程大きな違いはないのかもしれませんね」

エマーシュが顎に手を添え、少し説明します、と話し始める。

「この世界を満たす、マナの事は以前お話し致しましたね」

「魔力の元になっている物質、ですよね」

直斗がかなり端折って答えたが、エマーシュは嫌な顔をせずに頷いた。

「マナは世界に数本しかない巨大な世界樹（ユグドラシル）によって生成されます。そしてマナの元となるのが、エーテルと呼ばれる物質です。エーテルは天の星々から絶え間なく降り注いでいて、目にも見えず感じる事も出来ませんが大地に吸収され世界樹へと流れて行きます」

そこで一旦話を切り、エマーシュは直斗たちを見渡す。

「そのエーテルの流れが龍脈です」

「それではさっきの光は、その龍脈から漏れたもの、という事でしょうか？」

恵梨香が頬の横で右手の人差し指を立てた。

「概ね正解ですね。龍脈に集められたエーテルが、空気中のマナに反応していると言われています」

「はっきりとは分かっていないんですか？」

今度は僚が尋ねる。

「ええ、残念ながら。ただ龍脈は時折地表近くに蛇行し、龍穴（りゅうけつ）というポイントを作り出す事があります。皆様を召喚した部屋は、その真上にあり龍穴からあふれ出る力を利用しているのです」

全員が納得したようにゆっくりと頷いた。

「……エーテルか……もしかしてダークマターの事か？　それとも宇宙マイクロ波背景放射……」

「え、何？　明日見君知ってるの？」

僚は頭の中で考えていたつもりだったが、無意識に声に出していたようだ。

「あ、いえ。ただ地球でもエーテルって物質があると考えられていた時代があるんです」

「意外と、物知りなんだ」

有希は、上目遣いににっこりと微笑む。

「えっ、そのっ、科学には興味があって」

僚は焦って顔を背ける。

「学校ではそんなの習わないよねぇ」

ほのかが感心して腕を組み大げさに何度も頷く。

と、その時だった。

甲高い笛の様な音が響き、直後、上空で大きな爆発音が聞こえた。

「今の音は！」

エマーシュが音が聞こえた方向を見た。開けているといっても森の中である、空は僅かにしか確認できなかった。

「明らかに救難発信、街道の方向ですが……まさかっ」

いつもは穏やかなエマーシュの顔に、明らかな狼狽の色が滲む。

「エマーシュさんっ、何かあるんですか⁉」

直斗がエマーシュの傍に駆け寄る。

「それが、本日パティーユ殿下が、公務にて森の街道をお通りになるご予定なのです」

「でも、護衛は付いているんじゃ……」

「ええ勿論、選りすぐりの近衛騎士が五名。ですが、救難発信を撃ったとなると、不測の事態が起こった可能性が……」

「先に行きます！」

最後まで聞かず、僚は音のした先に向け駆けだした。

「俺たちも行こう！　明日見に置いてかれるぞっ」

「うん！」

直斗たちも後に続く。

僚は枝や蔦を避けながら、全力で森を駆け抜けた。

長距離は苦手だが、能力補正された今の体力なら五、六キロメートルは持つはずだ。

「パティ、無事でいてくれ！」

僚はペース配分も忘れただ夢中で走った。

状況は芳しくなかった。

フォレストウルフやブルートベアであっても、十頭程度の群れなど脅威にすらならなかっただろう。

それが王族を守る近衛騎士であった。

だが今彼らを取り囲む相手はそれらだけではなかった。

ポリポッドマンティス。

体長六メートル。歩行用の二対の後ろ脚と、攻撃用の三対の鎌状の前足。非常に硬い外骨格と三つの目を持つ昆虫型の魔物で、動きが早く三対六本の前足により広い攻撃範囲を誇る。

「何故この森にポリポッドマンティスがっ」

騎士の一人が苦虫を噛み潰したような顔つきで呻いた。

魔物はその脅威度によってランク分けされている。

上からSSS級（絶滅級）、SS級（大災厄級）、S級（災厄級）。ここまでは、国家規模以上の軍隊での対処が必要とされている。

次にA級（大災害級）。これには少なくとも師団規模での対処を要する。

B級（災害級）では大～中隊規模、C級（下位災害級）なら中～小隊。その下位にD、E、F、G級と続く（ゴブリンやアルミフージはG級、フォレストウルフやブルートベアがF級）。

そして、このポリポッドマンティスはC級である。

パティーユを守る騎士はたったの五人。本来ならば、最低でも三十人以上で対処する必要のある相手だ。

いかに選りすぐりの近衛騎士とはいえ、軽装備の彼らには荷が勝ち過ぎた。

「何とか、殿下だけでも」

だが正面にポリポッドマンティス、そして周りを十数頭の魔物に取り囲まれた現状で、戦力を分散するのは得策ではない。しかも馬は完全に怯えてしまって馬車は使えない。

「救難発信に気付けば、日向様たちが来てくれるはずです。それまで全員で持ち堪えましょう」

周りを囲んだ騎士達に向け、パティーユは励ましの声を掛ける。

「はっ」

盾を装備した二人が、正面のポリポッドマンティスに向かい三歩程前に出る。

残りの三人はパティーユを中心に、左右と後方に展開する。

「我が力に呼び起されし清浄なる飛泉よ、連なる者を護り万物(ばんぶつ)を退(しりぞ)ける壁となれ、キャスケードウォール！」

呪文の詠唱を終えパティーユが叫んだ。

ポリポッドマンティスの前に三層の水の壁が立ち昇る。

水の上位魔法。D級以下の魔物であれば完全に防ぐ事ができるが、C級のポリポッドマンティスには足止め程度にしかならないだろう。

だが、今はそれだけで十分だ。

騎士達は、襲い掛かるブルートベアを次々と切り伏せてゆく。

キャスケードウォールがポリポッドマンティスを足止めしている間に、できるだけ魔物の数を減らし、何とか逃走の為の突破口を開く。それができないまでも、日向達が来るまで持ち堪えれば、合流してポリポッドマンティスを倒す事も可能だろう。

パティーユは更に魔力を籠める。

「……もう少し、耐えて……」

だがその願いも空しく、立ち昇る水の壁を切り裂いて、ポリポッドマンティスの前脚が盾を構えた騎士の一人を吹き飛ばした。

それからは、一方的な蹂躙(じゅうりん)だった。

五人全員で掛かれば、もう少しは善戦できただろう。

だが、それでは魔物の群れからパティーユを守る事ができない。つまり、ポリポッドマンティスが現れた時点で、この場にいる全員の命運は尽きていたという事だった。

パティーユの目の前に一人の騎士が吹き飛ばされてくる。

前脚の攻撃を受け流そうとした剣は半ばで折れ、腕はあらぬ方向に曲がっている。ごぽっ、という音とともに口から血を噴き出した様子から、折れた肋骨が肺に刺さってしまったのが分かった。

それでも騎士は、折れた剣を握りしめている。

「今治療します！」

パティーユは傷ついた騎士に駆け寄り、治癒魔法の呪文を詠唱する。
「生命(いのち)の輝きよ、かの者の傷を癒したまえ……ヒールっ」
淡い光が立ち昇り、傷を癒し始める。
だが、一頭のブルートベアがその隙を見逃さなかった。
「殿下！」
声のした方に顔を上げると、一人の騎士がこちらに走っていた。
その顔は大きく目を見開き、焦った様子で何か叫んでいる。
パティーユは後ろを振り向いた。
鉤爪の並んだ太い前脚を振り上げ、覆いかぶさる様に迫るブルートベア。
パティーユの目にそれはスローモーションのように見えた。
ゆっくりと迫る確実な死。
実際は叫び声さえ上げる暇のない一瞬。
パティーユは顔を背ける。
激しい痛みだろうか。
それとも痛みさえ感じる事の無い、須臾(しゅゆ)の間の死だろうか。
最後の瞬間、パティーユはそんな事を考える。
刹那。
一陣の疾風(かぜ)。

いや風さえ追い越し一つの影が木々の間から飛び出す。

影はその猛烈な速度を落とすことなく、ブルートベアへとまっすぐに襲い掛かる。

そして、横倒しになったブルートベアに、深く剣を突き立ててとどめを刺す。

パティーユは顔を上げて、死をもたらすはずであった者を振り向く。

剣を突き立てられ、横たわったブルートベア。

その傍らには、まさにパティーユの死を振り払った影。

パティーユの時間が元通りに動き始める。

そして、その影は優しく問いかける。

「遅くなってごめん、大丈夫？　……パティ」

その涼し気な笑顔はよく見知った顔。

「……ええ、きっともう大丈夫、です。来てくれると信じていましたよ」

パティーユは感慨を込めてその名を呼んだ。

「……僚」

「皆！　魔物から離れてしゃがんで！」
僚は、その場にいる全員に聞こえる様に大声で叫んだ。
騎士達は、その声の主が勇者一行の一人と分かると、すぐさま魔物から間合いを取って身を屈めた。

僚はパティーユを庇う様に膝をつき、拳を握った左手を突き上げる。

拳を開く。

一呼吸。

大きく振り下ろす。

次の瞬間。

風を切り裂く唸りと共に、水の魔力を纏った矢と氷の槍(やり)が飛来し、次々と魔物たちを貫いていく。

恵梨香の弓術、驟雨(しゅうう)。

ほのかの魔術、アイスランサー。

続いて直斗の放った、サンダースピアが閃き、一瞬遅れて耳を劈く轟音(ごうおん)が響く。

淀みない一連の流れによる攻撃は、ブルートベアの群れを一掃し戦況を覆す。

「僚っ、後ろ！」

生き残ったブルートベア2頭が、僚の背後から迫るのを見てパティーユが叫ぶ。

剣は先程倒したブルートベアに突き刺さったまま、僚は武器を持っていなかった。

其れにもかかわらず、僚は微笑んで人差し指を立てた。

〝一〟

「はあぁぁっ！　飛龍閃(ひりゅうせん)!!」

有希の飛び蹴りが、一頭のブルートベアの頭を粉砕する。

続いて中指を立てる。

〝二〟

「くらえ！　旋風斬(せんぷうざん)!!」

残ったブルートベアを、直斗が一刀のもとに切り伏せる

僚はゆっくりと立ち上がり、剣を引き抜いた。

「明日見君っ、飛ばし過ぎ！」

有希が両手を腰に当てて、首を傾げる様に僚の顔を覗き込む。

「ほんと、ついてくのに苦労したぞ」

直斗は軽く首を振り肩をすくめた。

「わたしたち、体力派じゃないんだよ？」

「でも、間に合いましたね」

追い付いてきたほのかと恵梨香は息を切らしている。

「皆様……」

「勇者様！」

パティーユが安堵の顔で囁き、騎士達は闘志を再興(さいこう)させて叫んだ。

「後は、あのでかいヤツだけか」

直斗がポリポッドマンティスに向け真っすぐに剣を向ける。

「うわ、キモっ。」

有希は顔をしかめながら、背中に装備した二本のスティックを引き抜き、目の前で連結する。そ

れを回転させて上に放ると、更に二本を同じく連結し素早く左手へ。最後に落ちてきたものを右手で受け、左手のものと連結させ二メートル四十センチの棍を完成させた。

「氷結せし霊槍の穂先よ、不動なる敵を貫け、いくよ、アイスランサー！」

ほのかの魔法を合図に、正面から直斗、右翼から有希、左翼から僚がポリポッドマンティスに向け駆けだす。

「行きます、双牙(そうが)！」

恵梨香の放つ颪の矢は、空中で二つに分かれ加速しながらポリポッドマンティスに迫る。

ポリポッドマンティスは躱しもせずその身に受ける。

氷の槍も颪の矢も、硬い外骨格(がいこっかく)に遮られ悉く砕け散る。

「傷一つ無しか、これならどうだ！　雷振破(らいしんは)!!」

直斗が剣を振り抜くと、雷を纏った衝撃波が大地を抉りながら突き進み、ポリポッドマンティスを捉える。

だが雷も衝撃波も体表を滑るように流れていく。

「なっ、硬いだけじゃないのか」

立ち止まった直斗に、二本の前脚が襲い掛かる。

「日向さん！　まともに受けちゃだめだ」

僚が叫び、直斗は咄嗟に剣でいなす。

対処できないスピードではない。

だが、鎌状の前脚による攻撃は絶え間なく続き、躱すかいなすかが精いっぱいで、それを掻い潜る事ができない。

「全然近づけないよっ」

有希が嘆きながらも、巧みに棍を操り攻撃をいなしてゆく。

「一旦下がってください！」

恵梨香が弓を番える。

「翔破（しょうは）！」

矢はポリポッドマンティスの足元に中り、土煙を上げて爆発した。

勿論、外したわけではない。

「無情なる槍手（やりて）の刃（やいば）、その爪痕を残し、地の果てに轟（とどろ）け、メタルランサー!!」

ほのかの詠唱が終わると同時に、土煙からポリポッドマンティスが顔を出す。

狙いは一点。

鋼刃の槍が寸分違わず、ポリポッドマンティスの口へと飛翔する。

最も柔らかいはずの、口の中を狙った一撃。

だが、恵梨香とタイミングを合わせ、不意を衝いたはずの魔法の槍は、左右に動く顎にガッチリと咥えられ霧散（むさん）する。

「そんなっ」

現在ほのかが使える中でも最大の貫通力を誇る、土魔法岩石系の上位である鉱石系中位のメタルランサー。

　それがいとも簡単に止められた事に、ほのかは茫然となる。

　無防備なほのかに二本の前脚が迫る。

「ほのかさん！」

　恵梨香の声に我に返ったほのかの目に、迫りくるポリポッドマンティスの前脚が映った。

　その瞬間、淡紅色で透明なドーム型の壁がほのかを覆う。

　ほのかの固有スキル、バリア。

　一定時間、あらゆる攻撃を無効化する障壁。

　だが、ほのかの顔が苦しそうに歪む。

「え？　う、嘘っ」

　完全な防御を誇るはずのバリアが、僅か数発の攻撃で崩壊し始めたのだ。

「ほのか！」

　その様子に気付いた直斗が叫ぶ。しかし直斗の位置からでは到底間に合わない。

「きゃあああっ」

　遂にバリアが完全に消失した。

　顔を伏せて蹲（うずくま）るほのかに、ポリポッドマンティスの無慈悲な一撃が振り下ろされる。

　鎌状の前脚がほのかを捉えるかに見えたその時。

　弾丸を思わせるスピードで僚が飛び出す。

僚はそのまま躊躇わずに、体ごと激しく前脚にぶつかる。

前脚は軌道を変えほのかの脇の地面を抉る。

恵梨香は目の前で起こった出来事に息を呑んだ。

「葉月さん、穂積さんっ、下がって!!」

僚は、すぐさま立ち上がり剣を構えるが、ぶつかった衝撃のせいで足元が覚束ない。

そこへターゲットを僚へと移したもう一本の脚が、横薙ぎに襲い掛かる。

躱しきれない。

僚は剣で受けるが、いなす事ができず吹き飛ばされる。

「ぐっ」

そのまま地面に叩きつけられ、二度三度と転がった。

「痛っ」

直ぐに立ち上がろうとするが、胸に鋭い痛みが走り動きが止まる。

両断こそ防いだものの、肋骨が何本か折れたらしい。だが、ゆっくりしている暇はない。僚は痛みを振り切り上体を起こす。

顔を上げた僚の目に映った更なる追撃。

「やばいっ、剣が！」

吹き飛ばされた時手放した剣が、一メートル程先に転がっていた。

「僚ーー!!」

パティーユの叫び声が聞こえた。

僚は顔を反らし、目を閉じる。と、同時に激しい衝撃音。

「え？」

ポリポッドマンティスの攻撃は何故か僚を逸れ、転がった僚の剣を粉砕した。

そしてもう興味はないとばかりに、直斗たちに向き直るポリポッドマンティス。それ以上の追撃が僚に加えられる事はなかった。

「……逸れた？　逸らした？」

僚は今起きた一連の流れを振り返り考える。

「運が良かった？　いや……」

今まで正確な狙いで攻撃してきた相手だ、動けない者に対して狙いを外すとは考えられない。ましてや意図的に攻撃を逸らすなどあり得るだろうか。

「待てよ……だとすると……」

何かが引っかかる。

「僚っ、大丈夫ですかっ」

パティーユが駆け寄り、僚の脇に屈みこんでそっと手をまわした。

「すぐに治療しますから」

パティーユは右手を僚の胸に添えた。

それを見た瞬間、僚にある考えが閃く。

「パティ！　待って」

僚はパティーユの右手を握りしめた。

「ですがっ」

訳が分からずパティーユは困った様に眉をひそめる。

「大丈夫、痛みは我慢できるよ」

僚はパティーユの手を放しゆっくりと立ち上がった。

「それよりパティ、やって欲しい事がある……」

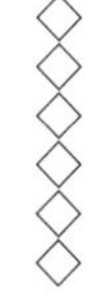

「くっ、これじゃジリ貧だろっ」

直斗はポリポッドマンティスの攻撃を躱しながら、何とかその本体に剣技を浴びせようとするが近づく事さえできない。

「ぐあぁっ」

騎士の一人が吹き飛ぶ。剣を盾にし辛うじて急所は外したものの、激しく地面に叩きつけられそのまま意識を失う。

気が付けば立っているのは直斗と有希だけになっていた。

騎士達が倒れた事で、ポリポッドマンティスの攻撃が二人に集中し、周りに留意する余裕すら無かった。

そこから少し距離を置いた場所。

僚は倒れた騎士の持っていた、放置されたままの剣を手に取る。ミスリル製だが魔力による付与の無い普通の剣だ。

僚は一歩ずつポリポッドマンティスの側面へと近づいていく。

今の距離はおよそ二十メートル。

十メートル、九……八……七……六……。まだポリポッドマンティスからの攻撃は無い。ここからはゆっくりと。

五……四……三。唸りを上げ二本の前脚が迫る。僚は素早く後方へ飛びそれを躱す。

追撃は無い。憶測は確信に変わった。

「日向さん！　高科さん！　合図したら一旦下がって!!」

直斗と有希は同意を示し頷いた。

「パティ！」

僚が叫ぶ。魔法が届くギリギリの距離まで下がっていたパティーユが、水系の魔法を発動する。

「降り注げ水流、我が力の連動に跪け。ウォーターバレット！」

十数発の水の弾丸がポリポッドマンティスに降り注ぐ。

魔法の攻撃を受けたポリポッドマンティスが、その相手を探すように動きパティーユの方を向く。

「今です！　二人共こっちへ！」

二人が動きだすのを合図に、今度は別の方向からほのかの火系魔法が飛ぶ。

「フレアバレット！」

間をおかず、恵梨香が固有スキルを発動。

「バスター!!」

敵の攻撃力、防御力を低下させる。

三人は僚の指示を受けて三角形の形に位置取り、回転する様に魔力による攻撃を加えてゆく。ポリポッドマンティスの意識を、誰か一人に集中させない為の作戦だった。

「日向さん、あいつの外骨格、ぶち抜けますか？」

ポリポッドマンティスの攻撃範囲から距離を取り、近づいた直斗に僚が尋ねる。

「……ほんの数秒でいい、溜めの時間がいる」

「分かりました、俺がその時間を作ります。それまで高科さんと一緒に化け物の注意を引き付けて下さい。それと、バーニングは使えますか？」

味方の全ステータスを、一定時間五倍以上に引き上げる直斗の固有スキル。まともに発動すれば大幅な戦力アップになるのだが……。

「使えるけど、ほのかのバリアがあの状態じゃあ、あんまり当てにならないぞ」

そう、絶対的な効果を発揮し、常に安定して使えるはずの固有スキルが、何故か不安定なのだ。

「構いません。お願いします」

僚はそれだけ言うとポリポッドマンティスの側面へ向かい走り出す。パティーユたちの時間稼ぎもそろそろ限界だった。

直斗と有希は正面に向け駆けだす。

「行くぞ！　バーニング!!」

僚を含めポリポッドマンティスに対峙する全員を、赤い光が包む。

「やっぱ安定しない！　皆気を付けろ！」

直斗が警告の声をあげた。

僚は一度、ポリポッドマンティスから離れる方向に走る。バーニングの効果を確認するためだ。

「確かに、上がってるけど……」

ステータスを表示する事が出来ない現状では、はっきりとした数値は分からないが、今試した感覚だと精々一・五倍程度だろうか。

だが、今はそれで充分だ。

僚が左手で合図すると同時に、パティーユたちからの魔法攻撃が止む。

続いて直斗と有希がポリポッドマンティスに正面から挑む。

「ふぅーっ」

僚は距離を置いた場所で腰を落とし、大きく一度深呼吸をした。

剣を逆手に持ち、地面に両手を添える。

足はいつもの位置へ。

そして。

全身の力を一気に爆発させる。踏み込んだ足元が抉れ、土煙が上がり一瞬でトップスピードに乗る。

狙いはただ一点。ポリポッドマンティスがその上体を支える為の中脚、その付け根の関節。

距離を詰める。十メートル……五、四、三。先程確認したポリポッドマンティスの間合いに入る。

前脚二本が動く。

だが、トップスピードのまま突っ込んだ僚の方が早い。

「うおぉぉぉ!!」

僚はポリポッドマンティスの中脚の付け根、関節の隙間に剣を深々と突き立てた。

グギャアアア!

ポリポッドマンティスが悲痛ともとれる叫び声をあげる。

僚はそのまま関節に沿って剣で抉る。ポリポッドマンティスの体液が飛び散り僚の全身に降りかかる。そして、僚が剣を引き抜いた時。

ポリポッドマンティスの中脚が、大木が折れる様な音と共に身体から切り離される。

中脚の片方を失ったポリポッドマンティスは、上体を支える事ができなくなりその巨体を地面に横たえる。

焦った様子でただ無暗矢鱈(むやみやたら)と前脚を振り回す、ポリポッドマンティスの残ったもう片方の中脚も同じ様に抉り取る。

完全に地に伏せるポリポッドマンティス。

「日向さん!」

「任せろ!!」

直斗はポリポッドマンティスの背に飛び乗り、剣を頭上に高々と掲げた。

眩い光の粒子が直斗の剣に集束する。

「光牙翔曳斬!!」

振り下ろされた剣が光の軌跡を描き、ポリポッドマンティスの頭部を一気に切断する。

転がった頭部の目の光が失われると同時に、わらわらと動いていた前脚が地に落ち、その動きを永久に止めた。

「何とか、勝てたな……」

直斗は横たわるポリポッドマンティスから飛び降り、誰とは無しに言った。

「僚! 大丈夫ですかっ」

ポリポッドマンティスの脇で、苦しそうに蹲る僚の傍にパティーユが駆け寄る。

「大丈……夫、で……す」

僚は折れた肋骨の辺りを押えて笑おうとしたが、激しい痛みで言葉に詰まる。ふと右肩に目をやると、そこにも血が滲んでいた。ほのかを庇って前脚に体当たりした時のものだろう。それ以外にも背中や膝、体中に痛みがある。

「その怪我でよくあれだけ動けたものです」

傍らに腰を落としたパティーユが、感心したようにもとれる声で言った。

「ありがとう」

僚は額に脂汗を浮かべながらも微笑んでみせた。

「褒めてませんっ、私は怒っているのです」

パティーユは眉根を寄せて僚を睨むが、その目には今にも溢れそうなほどの涙が浮かんでいた。

「もう拒否は認めませんっ、じっとしていて下さい！」

そう言って僚の正面に膝をつき、パティーユは治癒の呪文を詠唱する。

「美麗（びれい）なる清き祝福の息吹（いぶき）よ、聖なる輝きを纏い復活の奇跡とならん、キュア！」

ヒールの上位魔法キュア。

全身にあった痛みが引いてゆく。

「ありがとう、楽になったよ。え？」

傷は治ったものの、パティーユはまだ僚をじっと睨んでいる。

「あの、パティ？　何で……怒ってるんですか……」

僚にそう言われてパティーユは、ふっと表情を緩めた。

「……もう、怒っていませんよ」

パティーユは一旦下を向き、ゆっくりと顔を上げて微笑んだ。

「あの時……もう駄目だと思いました……僚、ありがとう、あなたのお陰よ」

その笑顔は、春の日差しの中に咲き乱れる菜の花の様で、僚は身じろぎもせずにパティーユを見つめた。

「私……お礼、言いそびれちゃったかなぁ」

ほのかが頬に指を当て、首を傾げる。

「なんか、明日見君のたらしっぷりが暴走してるんだけど……」

その状況を眺め、自分も僚に助けられた事がある有希が、腕を組み眉をひそめてぽつりと呟いた。

「まあ、陸上部ですからね」

ボケたつもりなのか、ツッコんだつもりなのか、恵梨香が口元に手を添えころころと笑った。

ようやく追いついてきたエマーシュが未だに息を弾ませながらも、傷ついた騎士達を治療してゆく。

直斗達の到着が比較的早かった為、ポリポッドマンティスという災害級の魔物を相手に、誰も命を失わずに済んだのはまさしく幸いと言えた。

「勇者様、殿下をお守り下さり感謝申し上げます」

「勇者様、誠にありがとうございます」

傷の癒えた騎士達が、次々と直斗の前に進み出て感謝の言葉を述べてゆく。

その度に笑顔で頷いている直斗だが、何ともバツの悪い思いだった。

「なんか、いいとこ取りみたいで悪いな」

「でも、実際あいつを倒したのは日向さんですよ?」

僚はきょとんとした顔で、さも当然のように言った。

「で、説明してくれるんだろ?」

直斗が改めて僚に尋ねた。

「あ。あたしも聞きたいな、何か根拠があったんだよね、さっきの作戦」

有希は興味津々といった様子で、目を輝かせ僚を見つめる。

「……魔力です」

僚はゆっくりと瞬きをしてから語り始めた。

「はっきり分かったのは、葉月さんの前へ出て吹き飛ばされた時です」

あえて庇ったとは言わなかった事に、ほのかが僅かに顔を赤くした。

――あの時
ポリポッドマンティスの前脚は、咄嗟に動く事ができなかった僚を逸れて、傍らに落ちていた僚の剣を粉砕した。運が良かったと思いかけたが、それでは追撃が無かった事の説明がつかない。

閃いたのはその直後、パティーユが治癒魔法を使おうとした時だ。

「あの剣、風の魔力が付与してあったんです」

「えっと、なんかごめん。よくわかんない」

有希が首を傾げる。

「ヤツは、魔力を見ていたんです」

例えばサーモグラフィーが、物体から放射される赤外線を画像として表すように、ポリポッドマンティスは、生物が内包する魔力を可視化している。それが僚の導き出した答えだった。

「だからヤツは魔力の無い俺じゃなく、魔力の付与された剣を狙ったんです」

「でも明日見が近づいた時は、攻撃されたよな……」

「そうですね、三メートル以内に近づいた時に」

おおよその見当は付いていた。ポリポッドマンティスが剣を破壊した後、追撃をしてこなかったのは、僚の存在を認識していなかった可能性がある。ポイントはおそらく距離。

ポリポッドマンティスには合わせて三つの目がある。頭の両脇に大きな複眼（ふくがん）が二つと、額の真ん中に赤いガラスの様な眼が一つ。多分真ん中の目はロンググレンジで魔力を、両脇の複眼はショートレンジで実像を見ているはず。それを確認する為に魔力付与の無い剣を持ち、あえてゆっくりと近づいてみたのだ。

そして攻撃を受けた距離が約三メートル。

「つまり明日見なら、俺たちが容易に近づけない距離にも、簡単に近づけたって事か……」

「いいえ、それも皆がポリポッドマンティスの注意を引き付けてくれたからです」

直斗は感心した様に言ったが、僚は笑って首を振った。

「でも実際、あんなに上手くいくとは思ってませんでした」

「ん？　ん？　いまなんか気になる事言った。それって、何発かは攻撃を受けるつもりだったたって事かなぁ？」

何気なく口にした言葉尻を捕らえ、ほのかが少し棘（とげ）のある態度で言った。

「その為にバーニングを掛けてもらったんです。二、三発は喰らう覚悟でしたから、ほんとラッキーでした……って、え？　葉月さん……？」

僚はここではじめて気づく。ほのかが凍りついたような笑顔を向けている事に。

「ねえ明日見くん。君はあの時わりと、ううん、結構酷い怪我、してたよねぇ……」

ほのかはにこにこと笑っている。笑っているが……。

〝え？　ちょっと待って、葉月さん怖いんですけどっ。もしかして怒ってる？　何で？　作戦はちゃんと、成功……したよ、ね……？〟

僚は明らかに怒っているほのかの視線に耐えきれず、おろおろと周りを見渡した。

氷の笑みを浮かべるほのかの隣で、恵梨香はいたずらした子供を諌めるような目を僚に向けている。

有希は、腕を組み眉根を寄せてコクコクと頷いている。

直斗は……。不穏な空気を察し、じわじわと後退りして距離を取っている。

「あ、あの、葉月さん？　何で怒って……」

「あそこで一発でも攻撃を受けてたらどうなってたか……分かるよねぇ、僚くん。私、前にも言ったよ？」

「え？……あっ」

僚は、ここでようやくほのかが怒っている理由を理解した。

「大怪我だけじゃ済まないって……思わなかったの？」

「えっと、その、何とかなるかなって……」

ほのかの眉がぴくりと動き、笑顔が消えた。

「私、感謝してるんだよ、さっき助けてくれた事……お礼も言いそびれちゃったけど。でもね僚くん、それとこれとは話が別だよ。あんな無茶しちゃダメでしょ」

ほのかはどこまでも穏やかな口調だったが、そこには何とも言えない迫力があった。

「葉月さん、あの……」

「ほのか」

ほのかはきっぱりと宣言する。

「はい？」

「だから、ほ・の・か」

さすがにここまで言われれば、名前で呼ぶように催促されているのが僚にも理解できた。

「……ほのかさん」

「ん？　なんか違うよ？　僚くん、王女様の事はパティって呼んでたよ」

ほのかはちょこんと首を傾げ、いつもの様に穏やかに笑っている。

……無言の圧力。

「い、いや、さすがに先輩を呼び捨てはダメでしょう？　ね、ねえ日向さんっ」

直斗は無言で目を逸らした。こうなるとほのかは意外と頑固なのだった。

「いいんじゃね、異世界だし」

異世界だと何がいいのかよく分からない理屈だったが、要するに自分を巻き込むなという、直斗の意思表示だった。

「分かりました、怒らないでくださいね……ほのか」

「うん、おっけー。これからちゃんと名前で呼ぶんだよ。それから……」

人差し指を立て、ほのかはちょこんっと首を傾ける。

「無茶するなとは言わないけど、今度からは前もって教えてね？　そうすれば私たちも上手くフォローできるから。ね」

「分かりました、今度からは、ちゃんと話します」

「うん、そうしてね。あと、庇ってくれてありがとう」

ほのかはそれまでとは少し雰囲気の違う、春の桜を思わせるような笑顔で僚を見つめた。

「あ、は、はい」

その二人の会話に有希が割り込んでくる。

「ねぇねぇ、あたしも有希って呼んでよ。あ、反論は受け付けませーん。って事でよろしくね。僚君」

有希は胸を張って左手を腰に当て、右手のVサインを突き出す。よく分からないポーズだが、僚に拒否権が無いのは明らかだった。

「……分かりました、有希」

「きゃー、なんか年下の男の子から、呼び捨てで呼ばれてみたかったのよねー」

自分で自分を抱きしめ、身を震わせて喜びに浸っている有希を、少し危ない人なのかな、などと思わなくもない僚だった。

「人の趣味は色々だよ、うん」

ほのかが、目をつぶり頷いた。

そんな取り留めのない話で盛り上がっていた時だ。

騎士達が準備をしていた馬車の方から、けたたましい馬の嘶(いなな)きが響いた。

見ると、馬車に繋がれた馬たちが取り乱したように暴れている。魔物の襲撃を警戒して身構える僚と直斗だったが、どうもそうではないらしい。

「行ってみよう！」

直斗が僚に声を掛け、走ってゆく。

僚は、ほのかたちに此処(ここ)にいるよう伝え、直斗の後に続いた。

「どうしました！」

暴れる馬の手綱(たづな)を必死に抑える騎士たちに、直斗が大きな声で尋ねた。

「あ、勇者様、これはお見苦しい所を。馬たちが怯えてしまって、どうにも言う事を聞いてくれないのです」

騎士の一人が額に汗を浮かべ困った顔で答えた。

馬の扱いに慣れているはずの彼らですらこの状況だ。僚は自分たちに手伝える事があるとは思えなかった。

「ちょっと、俺にやらせてもらえますか？」

だが直斗は、そう言って右の掌を馬たちに向けかざした。

「暗き夜を照らす清浄なる月代(つきしろ)よ、その白銀の輝きを以て邪なる闇を打ち払え。セイクリッド・リユミエール」

銀の光が怯え切った馬たちを包む。すると、今まで暴れていたのがウソの様に落ち着きを取り戻し、大人しくなった。

おおっ、と騎士たちから感嘆の声があがる。

「日向さん、今のは？」

僚はたった今起こった事に驚き、目を丸くして呟いた。

「ああ、本来は広範囲で闇の眷属や邪悪な者を消し去る、浄化系の光魔法なんだけどな。今みたいに極限まで魔力を絞って発動すると、心の不安を取り除いたり、精神を安定させたりできるんだ」

「便利な魔法ですね」

「ただ、動物に効果があるかどうかは……」

「結果オーライって事で」

二人は肩を震わせて笑った。

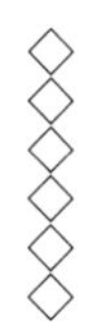

ポリポッドマンティスを撃退した後、僚たちはパティーユの護衛に加わり王城まで帰る事になった。
重傷を負った騎士は傷こそ癒えたものの、流した血液まで魔法で補う事はできない為自分で歩くまでは回復せず、生き残っていた三頭の馬に分乗している。
馬車は損傷はしていたが使える状態で、パティーユの他、今は有希、ほのか、恵梨香ら女性陣が乗車している。パティーユは、エマーシュにも一緒に乗るよう促したのだが、彼女は王女殿下と御一緒するなど恐れ多い、と御者席に座っていた。

馬車は詰めれば何とか六人乗る事もできたが、僚と直斗は歩く事にした。

その方が何かあった時、すぐに対応ができるから、と僚は理由をつけて断ったのだが、それは建前だった。

「どうぞ、隣に」

「隣、座れるよ～？」

「ここ座りなよ！」

パティーユとほのかと有希。僚に向けて手招きをした三人の声が重なり、その直後彼女たちの笑顔が凍り付いた。

僚には何故か、彼女たちの間に見えない火花が見えた気がして、背中に冷たいものが伝うのを感じた。

そして、最も無難な選択をしたのだった。

「それにしても、ホントによかったんですか？　ゆ……高科さんの事」

隣を並んで歩く直斗に、僚が気まずそうに尋ねた。

「え？　有希がどうかした？」

直斗は僚の質問の意図が分からず首を傾げた。

「あ、あの、葉月さんは兎も角、高科さんまでその……呼び捨てで呼べって」

「ああ、それか。本人が言ってんだからいいんじゃね？　って何で俺に？」

「なんでって、あれ？　付き合ってるんですよね？」

直斗はここでようやく、僚が大きな勘違いをしている事に気付いた。

「ははは、無い無い。俺、他に彼女いるし。有希もほのかも恵梨香も、昔っからの腐れ縁っていうか、まぁただの幼馴染だよ」

「そうなんですか？」

「何でも話せるし仲はいいけど。物心ついた時からずっと一緒だったからかなぁ、女の子として見れないいんだよね」

直斗はそう言ってもう一度笑った。

「そう、ですか……」

僚は独り言の様に呟く。幼馴染といっても色々なんだな、ふと美亜の顔が思い浮かび僚はそう思った。

「でもこの世界に召喚されたのが、一緒で良かったと思ってるよ。何となく安心するって言うか心強いんだよな、あの三人といるとさ」

〝ああ、そういう事か〟

僚は召喚された日に彼らに感じた、微妙な違和感の正体に気付いた。

「それで、あんまり動揺していなかったんですね。あの時……」

「それだけじゃないけどな。ほら、『大災厄を乗り切れば帰還のゲートが開いて、この世界の主神エターナエルの力で、元の場所、元の時間、元の姿で帰れる』って説明されたろ？　それにさ、何となくこうなる事が分かってた気がするんだよなぁ。だから召喚の時、拒否しようと思えばできたのにそうしなかったんだよ」

〝拒否しようと思えば？〟

僚は召喚された時の事を思い返してみる。だが、あの光に包まれた時、そんな選択ができたようには思えなかった。

「それって、日向さんだけじゃなくて皆もですか？」

「ああ、有希たちも同じような事を言ってたからな。明日見もそうだろ？」

「えっ？」

僚は言葉に詰まる。どうやら称号を持つ直斗や有希たちと、称号の無い僚では召喚のプロセスが微妙に違ったらしい。

「は、はい、そうですね」

だが僚は、あえてその事を口にしなかった。余計な気を遣わせるのも悪いと思ったからだ。

「そういえば……ホントに怪我、大丈夫なのか？　かなり酷かったってほのかも王女も言ってたけど」

暫く黙って下を向いていた直斗が、訝し気な顔で僚に尋ねた。

ほのかを庇ってポリポッドマンティスの一撃を受けた僚は、まるで暴走する車に跳ね飛ばされたかのように直斗の目には映った。身体強化されているとはいえ、かなりの衝撃と痛みがあったはずだ。

「そうですね、肋骨が何本かと鎖骨も折れてたみたいです。でも、脚が無事で良かったですね」

「おいおい、折れてたみたいって。よくそんな状態であれだけ動けたな」

まるで他人事のように笑う僚に、直斗は感心半分呆れ半分といった様子で肩を竦める。

「日向さんのバーニングのお陰ですよ。あれで能力値が上がりましたから」

「上がったって言っても、ほんの少しだろ？　二倍にもなってねーし、安定もしてなかったろ」

更に言えば、ステータス値を上げるバーニングで能力は強化されても、怪我を治したり痛みを緩和したりはできない。

「確かに、精々一・五倍ってところでした。本来なら五倍以上に引き上げるんですよね？」

「ああ。恵梨香のバスターも、どれ位防御力を下げられたのか微妙だし、ほのかのバリアはあっという間に崩壊したしな」

顎に手を添えて、直斗は眉根を寄せた。

「固有スキルが十分に発揮されてないか、制限されてるって事なら……」

固有スキルの無い僚でも、何らかの問題があるという事は理解できた。

「未だにステータス表示ができない原因も、同じかもですね」

馬車が森を抜ける頃、日は大きく傾いていた。

ポリポッドマンティスとの闘いから明けて翌日。
賢者の石板により、何度目かのステータスの確認が行われた。
「これって……」
直斗は前回の確認時には無かった、ステータスの異常を示す項目に眉根を寄せる。

〝日向　直斗〟
称号　勇者　世界に勇気を与える者　魔法剣士
年齢　18歳
魔力　1600（1725）＊制限
魔力量　4820（5008）＊制限
固有スキル　バーニング　味方の全ステータスを一定時間五〜十倍に上げる
スキル
魔法　火、水、風、土、雷、無、空間、光
属性攻撃　火、水、風、雷、光
剣術、槍術、聖剣技
身体能力補正
アビリティ　魔力、覇力、理力
＊状態異常　各ステータスが制限　固有スキルに大幅な制限
（原因排除後に回復）

〝高科　有希〟
称号　従士　勇者と共に在る者　闘士

年齢　18歳
魔力　９１５（１０１２）　＊制限
魔力量　３０５０（３１６０）　＊制限
固有スキル　バースト　敵一体の魔法効果を無効化
スキル
属性攻撃　火、風、土
拳闘術、棒術、鏢術
身体能力補正
アビリティ　魔力、覇力
＊状態異常　各ステータスが制限　固有スキルに大幅な制限
（原因排除後に回復）

〝穂積　恵梨香〟
称号　従士　勇者と共に在る者　弓術士
年齢　17歳
魔力　１１１０（１２０７）　＊制限
魔力量　３０７０（３１５０）　＊制限
固有スキル　バスター　敵一体の攻撃力、防御力を下げる

スキル
属性攻撃　風、水、火
弓術、短剣術
アビリティ　魔力、覇力
＊状態異常　各ステータスが制限　固有スキルに大幅な制限
（原因排除後に回復）

〝葉月　ほのか〟
称号　従士　勇者と共に在る者　魔導士
年齢　18歳
魔力　１９００（２０７０）　＊制限
魔力量　５９３０（６１１１）　＊制限
固有スキル　バリア　任意の味方に一定時間、物理・魔法による攻撃を完全に無効化する障壁を展開する
スキル
魔法　火、水、風、土、雷、無、空間
身体能力補正
アビリティ　魔力、理力

＊状態異常　各ステータスが制限　固有スキルに大幅な制限
（原因排除後に回復）

〝明日見　僚〟
称号　？？？？　想定外の異世界召喚者　異世界の旅人
年齢　17歳
魔力　0
魔力量　0
固有スキル　――
スキル
身体能力補正
アビリティ　――
ギフト　生々流転　覚醒

僚を除く勇者及び従士の称号を持つ四人が、能力を制限される状態異常に侵されていた。

「そんな、一体何故……」

パティーユは口元に手を添え、蒼白（そうはく）な顔で呟いた。

召喚の儀を執り行う前、準備のために王国に残る数多くの文献を読破（どくは）した。その内容は儀式の詳細な方法だけでなく、歴代勇者たちの戦いの様子を記したものや、勇者本人たちの手記など多岐に渡った。

だが、能力を制限する状態異常に四人全員が侵されるなど、どの文献にも記されてはいなかったのだ。

「それで、日向さんのバーニングも、ほのかのバリアも安定しなかったんだ……」

僚は腕を組み、小さく何度も頷いた。四人全員に同じ項目が現れているという事は、原因は一つだけと考えていいだろう。

「排除するべき原因を突き止めればいいって事ですよね」

パティーユは、僚の言葉に厳しい表情を浮かべ顔を上げた。

「そうですね。可及的速やかに原因を調べ対処致します」

そして、四人の顔をゆっくりと見渡した後、表情を緩めて微笑んだ。

「ですから、安心して待っていて下さい」

心を照らす様なパティーユの笑顔に直斗たちは無言で頷く。

その様子を何処か冷静に見つめていた僚は、その場の空気を読んで決して口には出さなかったが、

「異世界の旅人ってなんだよ……」

自分のステータスに心の中でツッコミを入れたのだった。

◇◇◇◇◇◇

それは、桜の咲く穏やかな春の日。

「……ごめんね、僚ちゃん。約束、守れなくて……」

消え入りそうな声で美亜が言った。

無機質な蛍光灯の明かりに照らされた病室の、白いベッドに横たわる美亜と、その脇の椅子に座り美亜を見つめる僚。

僚はもう殆ど力の入らない美亜の右手を包む、自分の両手に力を籠める。まるでそうする事によって、命の力を注ぐかのように。

「なんで謝るんだよ……美亜が元気になれば、ちゃんと約束守れるよ……」

今年の夏も、一緒に海に行こうね。

私の誕生日、またお祝いしてくれたら嬉しいな。

クリスマスは、朝まで一緒に過ごそうね。

そして、これからもずっと、ずっと、同じ道を二人で歩いていこうね。

……いつか……家族になろうね……。

年が明けるまでは、変わらずに元気だったはずの美亜。

病魔は突然に、そして急激に美亜の命を飲み込んだ。

「美亜はきっと元気になるよ……それまで、俺、待つから、だから大丈夫だよ」

それは、僚が美亜についた最後の嘘。

美亜は笑った。病の苦しみに歪んだ顔ではなく、最愛の人に自分の笑顔を覚えておいてもらう為に。

「僚ちゃん……やっぱり僚ちゃんは優しいね」

美亜の命の火は、既に消えようとしていた。

何故こんな事になったのか。何故美亜が選ばれてしまったのか。何故世界は、自分からたった一人の美亜を奪うのか。

僚はこの理不尽に、激しい憤り（いきどお）を感じていた。

「ねえ僚ちゃん。お願い……もしもどこかの世界で、生まれ変わったら、また私と出会ってね……また私を好きになってね……私も僚ちゃんを探すから、絶対さがして、そして好きになるから……だからお願い……」

美亜はその目に最後の力を込めて僚を見つめる。

「ああ約束する。絶対、絶対、美亜を探すから、だから、だからっ……」

「……ありがとう……僚……ちゃ……ん」

僚の掌に包まれた美亜の手が、握り返してくる事はもう無かった。

◇◇◇◇◇

中庭を見下ろす廊下の窓枠に手を置き、僚はぼんやりとそこから見える景色を眺めていた。人工的な中庭の造形と遠くに見える山々との対比は、まるで現実と幻想の中で揺れる自分の心を映しているようで、そして何故か懐かしいものを見つけられる様な気がして、飽きさせる事が無かった。

だがいつまで眺めても、探す答えを見つけられる筈（はず）もなく、僚が大きな溜息を零したその時。

〝僚ちゃん、私を、探して〟

不意に美亜の呼ぶ声が聞こえた。

それは召喚の日、あの交差点で見た美亜の幻が囁いた言葉。

僚はやにわに振り返る。

そこには書類の束を小脇に抱えたパティーユが、ちょこんっと首を傾けていた。

「考え事ですか？　僚」

たおやかにほほ笑むパティーユの姿が、ほんの一瞬、美亜の幻と重なった気がした。

「パティ……」

「はいっ、おはようございます。久しぶり？　ですね、僚」

久しぶり、と言えるかは微妙だが、確かにこの三日程顔を合わせていなかった。それによく見るとパティーユの目の下には、化粧で隠してはいるものの薄っすらとクマが浮かび、どこか疲れたように見える。

あれからパティーユは、勇者たちに掛けられた状態異常を解除する為、それこそ不眠不休で原因の解明にあたっていたのだ。

「大丈夫？　パティ。あんまり寝てないんじゃ……」

「平気ですよ、これでも徹夜には慣れて……」

と、勢いよく胸を張ったとたん、軽い眩暈がしてよろけてしまう。

「パティ！」

僚は慌ててパティーユの両肩に手を添え支えた。

「本当に大丈夫？　少し休んだ方が……」

パティーユは返事をせず、そっと僚の胸に顔を埋める。

「暫く、このままで……大丈夫、誰も見ていません……」

そう言ってぴったりと身を寄せるパティーユと、突然の状況にどう対処していいのか分からず、ただあたふたと焦るだけの僚。

「パティ……」

僚は、とりあえず右手をパティーユの肩にかける。ぴくんっとパティーユの躰が動く。

ふわりと香ってくるのは香水だろうか、少し甘い花の香りが鼻腔をくすぐる。

無防備に身を預けるパティーユの緊張が徐々にほぐれ、その柔らかさが全身に伝わってくる。

美亜と同じパティーユの癖、僚の好みを何故か知っていた事、それから転生の可能性。加えて、あの召喚の日から時折聞こえてくる美亜の声。

〝もしかしてパティが、転生して記憶を無くした美亜だったら……？〟

そんな考えが、不意に僚の頭をよぎる。

だがいくらなんでも、それは飛躍しすぎだろうと思い、僚は自嘲ぎみに首を振った。

それから一、二分が過ぎただろうか、パティーユはそっと身体を離し顔を上げた。

「はぁ、三日振りに僚の顔も見られたし、これで元気になりました」

パティーユは上目遣いに僚を見つめる。

「でもね僚、こういう場合、両手は背中にまわすものです」

僅かに頬を染めていたずらっぽい笑みを浮かべる。

「え？」

「まあいいです。今日はこの後皆さんで街を見に行くのでしょう？　ゆっくり楽しんで来てくださいね」

パティーユは書類の束を胸に抱え直し、ぱたぱたと走り去って行った。

それは彼女の照れ隠しであったのかもしれないが、僚がそれに気付く事はなかった。

エルレイン王国をはじめ、三大王家と呼ばれるアルフォロメイ王国、ビクトリアス皇国の礎を築いたのは、千二百年前の四代目勇者であると言われている。

現に各王家には四代目勇者の手記が数多く残されており、それが事実である事を証明していた。

ただ、それ以前である三代勇者までは、紙が発明される前という事もあり、石板等に刻まれた碑文しか残っておらず、故に、彼らの存在ははっきりとせず、神話やお伽話で語られるのみであった。

今回、パティーユがエマーシュらに命じたのは、遺跡から集められた碑文の解読であった。

エルレイン王国で発見された遺跡は、生活にかかわる建物跡や生産にかかわる製鉄遺構、更には神殿や祭祀遺構といった信仰にかかわるものなど、他国に比べると数も多く良好な状態で残されていたが、本格的な発掘や調査などは行われておらず、ほぼ手付かずのままだった。

数多くの碑文の中で、エマーシュが着目したのは三代目勇者に関する記述であった。

神と戦い、神をうち滅ぼしたと伝えられる三代目勇者はその行いから、『反逆の勇者』と呼ばれる事もあり、異彩を放つ人物であったとされる。

ただ彼が戦った神とは、異形の悪神だとする伝説も残されていて、そもそも実在さえ怪しまれている存在の一人である。

エマーシュにも確証があった訳ではない。

研究棟に持ち込まれたまま、埃にまみれ無造作に積まれた碑文の解析にあたって三日。遂にエマーシュは探していた答えを見つけた。

「これはっ……」

但しその答えは、望んでいたものとは真逆の、受け入れ難い事実だった。

「……こ、これでは、殿下は……あまりに……」

◇◇◇◇◇

人目につかないよう、ひっそりと王城を出た直斗たちは、王都の中心にある貴族街を商業区のある東へ向かって歩いていた。森での訓練の時はいつも馬車なのだが、今日はみんなでゆっくり散策する為、馬車での送迎を断ったのだ。

「すごいね、こんなお家住んでみたいよ」

有希が貴族街でも一際豪奢(ごうしゃ)な屋敷を眺めて、溜息まじりに呟いた。

「ここは確か、エストラウド公爵家のものですね」

恵梨香が、以前移動中の馬車の中で聞いた説明を思い出して言った。

意匠を凝らした立派な門構えに屋敷を取り囲む装飾を施された塀は、現代の日本では見る事のない優雅さを醸し出している。

「どれもこれも、俺の住んでる養護施設の何倍も広いですよ」

「王城の俺たちの部屋なんて、広すぎて未だに落ち着かないからなぁ」

「ほんと、ファンタジーだよねぇ」

直斗は誰に言うともなしに呟いたが、ほのかがそれに答える様にこくこくと頷いた。

綺麗に舗装された石畳の道路に整然と並んだ建物。均等比率左右対称に建てられた建築物は、整数比率の正方形と丸型を基調とし、バイフォレイトと呼ばれる双子窓(そうじまど)が並んでいる。

「わたしたちの世界で言う、ルネサンス様式に似てますね……ああ、バッテリーが残っていれば……」

恵梨香が残念、とばかりに溜息を漏らす。

こちらに来て三週間、もう既にスマートフォンのバッテリーは空になっていた。

「写真、撮りまくっちゃったもんね……」

有希はがっくりと肩を落とす。

物珍しさに、皆躍起になって写真や動画を撮りまくった。そして気付いた時には全員のスマートフォンがバッテリー切れで使用不能になった。もう少し冷静になっていれば、と思ったものの後の祭りである。なんとか魔力で充電出来ないかあれこれとやってはみたが、今のところ上手くいっていない。

「あ、ほら。門が見えてきたよ」

ほのかが、その場の空気を変える様に指さした先に、貴族街と商業区を分ける門が見えた。華麗な装飾が施された門は華奢(きゃしゃ)な造りではあるが、緊急時には魔力による障壁(しょうへき)を張る事ができる。

その門をくぐった先の商業区にある広場で、ささやかなお祭りが開催されている。直斗たちの今日の目的はそのお祭りだった。

いや、直斗たちの、と言うより女子たちの、と言った方が正しいだろう。実際僚も直斗も祭りにはそれ程興味はなく、彼女たちの付き添いぐらいの感覚だった。

「ほら僚くんっ。今日は楽しもうね」

「珍しい屋台も出てるらしいよ、行こ、僚君」

それぞれほのかと有希に左右の手を取られ、駆けだした二人に引きずられるように走る僚。

「ついにあの二人にも春が来たか」

直斗が、三人の様子を眺めしみじみと呟いた。

「明日見さん、どっちを選ぶでしょう」

恵梨香は頬に手を添えて首を傾げる。

「う～ん。っていうか、まだそんな段階じゃないだろ」

「それもそうですね、今はまだ、楽しめればいいですね」

直斗と恵梨香はお互いの顔を見て、まるで子供の成長を見守る両親の様な笑みを浮かべた。

五人はつかの間の休息を心行くまで楽しんだ。

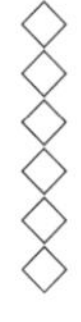

今からおよそ千五百年前。

神と戦い、のちに『反逆の勇者』と不名誉な名で呼ばれる三代目の勇者。

だが彼がうち滅ぼしたのは、この世界の生きとし生けるもの全てを絶滅せんとする、史上最悪の『魔神』であった。

その『魔神』は、元々人間の男だったと、碑文に記されていた。

ある理由により命を奪われたその男は、激しい恨みと憎しみによって魂が蘇り、あろうことか大災厄をもその身に取り込み、魔神となって復活した。

魔神の力は大災厄を遥かに凌駕し、その戦いは苛烈を極めた。

かの魔神を漸く滅ぼした時、戦いに参加した自然界の力を司る青龍、白竜、赤龍、黄龍の神龍四柱のうち青龍を除く三柱が失われ、二人の従士が命を落とし、世界の半分が壊滅した。

世界の復興にはその後の四代目勇者を待たねばならず、二千年といわれる神龍の復活には未だ遠い。

新たな魔神の誕生を防ぐ手立ては……。

「儀式、ですか？」

直斗は確認するように聞き返した。

街でお祭りを楽しんだ二日後の朝。

僚たち五人は、状態異常の原因とその解除の方法について説明を受けるため、王宮の応接室に集まっていた。

「はい。建国前の遺跡から発掘された碑文を調査した結果、今回と同じ事が過去にもあったようです。どうやら皆さまの状態異常は呪いの一種である事が判明しました」

パティーユは一つ一つの言葉を噛みしめるように、ゆっくりと淀みなく話した。

「呪い？」

有希の顔に恐怖の色が浮かぶ。

「心配はいりません、呪いと言っても力を制限するだけで、命に係わるようなものではありませんから」

パティーユの言葉と向けられた笑顔に、有希はほっと胸を撫でおろした。

「ですが放っておいては、その……十分に力を発揮出来ません。情けない話ですが、この世界には皆様のお力が必要なのです」

パティーユは強い意志を籠めた瞳で直斗たちを見渡した。

直斗たちも、それは既に納得済みだと言わんばかりに頷く。

「ありがとうございます。ではエマーシュ」

パティーユに促され、脇に控えていたエマーシュが一歩前に進み、普段よりも恭しく説明を始める。

「皆様におかれましてはこののち、午後より召喚の間の下層、龍穴の間において解呪の儀をお受け頂く事となります。儀式の性質上、お一人様ずつ順番に、となりますがご容赦ください。解呪につきましては皆様全員の儀式が終了したのち、速やかになされると記述されております」

「俺も、ですか？」

特に状態異常見受けられなかった僚が右手を上げる。

「はい。どうやら明日見様のステータスもこの呪いの影響を受けているようです」

「って事は、解呪されれば俺も何かスキルが使えるようになるんですか？」

エマーシュが僚を見つめ大きく頷いて微笑んだ。

これで足手まといにならずに済む。そう思い僚の口元が自然とほころぶ。

直斗は僚の肩をぽんっと叩いた。

「それでは皆様、お時間になりましたらお呼びいたしますので、それまではどうかご自分の部屋でゆっくりお寛ぎくださいませ」

パティーユがそう言って、エマーシュと共に深くお辞儀をした。

僚たちが部屋を出るのを静かに見送った後で、パティーユはまるで魂まで抜けるような深い溜息を零した。

「殿下、本当に良かったのですか？　何も今日でなくとも明日、いえ二、三日後でも」

パティーユは目を閉じ首を振った。

「いえ、後になれば……耐えられそうにありません……」

「ではせめて、私かレスター殿に」

「それはなりません……これは、私の責任、私の罪……私が受けるべき罰なのです……この世界を守る為の」

パティーユは言葉を詰まらせ、咽るように声を絞り出す。

「……でも、な、なぜ今なの……どうし……て、わたし……の、時代……に……」

そして大粒の涙をぽろぽろと零し、はばかる事なく泣きじゃくった。

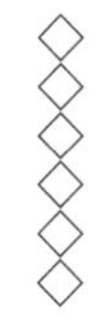

僚は自分に与えられた部屋のソファーに横たわり、パティーユの顔を思い浮かべていた。

どことなくいつもの明るさが影を潜め、少しやつれたように見えた。

「疲れてたんだろうな、忙しそうだったし」

スキルが使えるようになれば、力になれる事も増えるだろう。昼食の後、そんな事を考えながら、僚は自分の順番が来るのを待っていた。

コンコン。

ドアをノックする音が響く。

「明日見様？　宜しいでしょうか」

僚は身を起こしドアを開ける。そこに立っていたのはパティーユ付きの侍女の一人だった。

「では、ご案内致します。どうぞこちらへ」

侍女が一礼して歩き出し、僚も彼女について部屋を出る。

「日向さんたちはもう終わったのかな?」

僚は前を歩く侍女に尋ねた。

「ええ。明日見様が最後となります。皆様別室で待機なされておいでですよ」

「なんか緊張してきたな」

もし儀式を受けても何も変わらなかったら、そんな思いが僚の胸をよぎる。

「ご心配には及びません。きっと上手くいきますよ」

侍女は軽く振り向いて微笑んだ。

召喚の間の地下へ続く階段を降り、大きな扉の前で侍女が立ち止まった。

「こちらが龍穴の間となります、中で王女様がお待ちです。それでは」

侍女はそう告げると、一礼してもと来た廊下を戻って行った。

「ほんと、緊張するな」

僚は扉に手を掛けゆっくりと引いた。大きさの割に軽い事に驚きながら部屋の中へ入ると、奥に祭壇がありその後ろから薄緑の光が立ち昇っていた。一見して、森で見た龍脈の光と同じ物である事が窺える。

その祭壇の前にパティーユが一人で立っていた。

「待っていました、僚」

パティーユが向けた笑顔は、いつもと変わりないように僚の目には映った。

「あれ？　パティ一人？」

「はい。もっと仰々しいものだと思いました？」

少なくとも召喚の時ぐらいの規模だろうと予想していた為、僚は何となく拍子抜けした気分だった。もちろんパティーユと二人だけという事で、緊張せずに済むのはありがたかったが。

「奥にあるのが、龍穴？」

「ええ。覗いてみますか？」

パティーユに促され、僚はそっし龍穴に近づく。三メートル四方で穴が穿たれ、周囲には一メートル程の高さの囲いがある。

囲いに手を掛け覗いてみるが、中は非常に明るくて底を窺い知る事はできなかった。

「気を付けて、落ちたら大変です」

「え？　あ、ああ」

パティーユに注意され、気付くと僚は大きく身を乗り出していた。

「落ちたら、どうなるんだろ」

「そうですね。龍穴に落ちた場合、その身も意識も魂さえ星に取り込まれ、命の輪廻（りんね）からも永遠に外れてしまうと言われています」

宗教的な考え方だろうか。僚はその手のものが得意ではなかった。

「つまり、どういう事？」

「簡単に言うと、二度と転生する事も復活する事もできない完全な消滅、でしょうか」

完全な消滅、それが死とどう違うのか僚には分からなかったが、とりあえず頷いてみせた。

パティーユはそんな僚に気付いたのか、にっこりと笑った。

「綺麗、ですね……」

僚も同じように見上げた。

パティーユが龍穴から立ち昇る光を見上げて囁く。

「このまま少しお話を聞いて下さい」

僚は光に目を向けたまま頷いた。

「僚……千五百年前の三代目勇者の話は聞いていますよね」

「魔神と戦った勇者だって事は聞いたけど、詳しい話は……」

僚はその話が、何故この儀式と繋がるのかがよく分からず首を傾げる。

「碑文によると、魔神は元は人間だったそうです」

「魔神が……それって人間が魔神になったっていう事？」

「ええ、そのようです」

パティーユは僚の後ろにまわり、背中にそっと頬を寄せた。

「それから……三代目勇者様方も、日向様方とまったく同じ呪いに侵されていました」

「そうか、それで、呪いを解く方法がわかったんだ」

僚の背中で、パティーユは静かに頷く。

「あれ？　でも呪いと、魔神が元は人間だったっていうのは、何の繋がりがあるの？」

少し間をおいて答えるパティーユの声が、心なしか僅かに震える。

「呪いを掛けていたのは、魔神となったその人だったのです」

「え？　じゃあ、その人が、魔神に変わる前に、勇者たちに呪いを掛けたって事？」

「正確には、その人が呪いを掛けたというより、その人の存在自体が、勇者様方の力に制限をかける呪いだったそうです。勿論、その人が望んだわけでも、悪意があったわけでもなく、それは不幸な偶然……でした」

パティーユは僚の服の袖をぎゅっと掴んだ。

「僚……ああ、僚……私は……この時間がずっと……ずっと続いて欲しいと……」

「パティ？」

その時。

激しい痛みが背中から自分の胸を貫くのを感じた。

僚は自分の胸を貫いた剣の刃先を見つめ、その痛みに顔を歪めた。

「パ……ティ……何……を」

「ごめんなさい……」

僚の背後で剣を握りしめたパティーユの頬を涙がつたう。

「許して下さいなどと……身勝手な……事を、言うつもりは、ありません」

パティーユの声は、悲しみを堪えるようにとぎれとぎれで震えていたが、涙に濡れたその瞳には強い覚悟が秘められていた。

「……私にはこの国と世界を守る義務があります」

パティーユは僚の心臓を貫いた剣をその背から引き抜く。

足に力が入らず僚はその場でよろめく。

「……なん、で……」

僚は血の流れる胸を押さえ、縋る様な目でパティーユに問う。

「碑文に記されていました。呪いを解くには、呪いの存在自体であるその人を……抹殺するしかない、と……。ですが、その人になんの咎があったわけではありません」

「それが、どうして……俺、と」

「命を奪われたその人は、激しい怒りと憎しみによって魂が甦り、大災厄を喰らって魔神となり、世界に復讐を始めたのです」

霞んでゆく思考の中で、僚はただ救いを求めるように、血濡れの手を延ばす。

「魂の甦りを防ぎ、魔神となるのを阻止する為には、心臓を貫き、龍穴に落とす以外に方法がない、と」

「……まさ、か……」

なにものも掴めない僚の手が虚空をさまよい、それからゆっくりとパティーユが頷く。

「……その人は……僚、あなたと同じ五人目の召喚者だったのです」

パティーユは大粒の涙を拭う事もせず叫んだ。

「曇りなき荘重なる氷壁よ、戒めとなりかの者を捕らえよ。アイスプリズン！」

氷の牢獄が僚を取り囲み宙に浮かぶ。

「俺……が……」

僚は氷の壁に手を添えパティーユを見据えた。血は止まらない。心臓を貫かれたのだ、助からない事は理解できた。だが、だからと言って納得できるわけではない。

「未だ三柱の神龍も復活していないのです、あなたを……魔神にするわけにはいきません……もちろん呪いを放っておくわけにも……ごめんなさい僚。あなたを龍脈に落とします」

「日向さんたちは……この事……」

パティーユは無言で真っすぐに僚を見つめた。

「……そういう……事、か、そうか……完全に……消滅……パティ、俺、は……」

僚の身体から一気に力が抜け次の言葉は続かなかった。

パティーユは涙でぐちゃぐちゃになった顔で笑った。

「僚、これは私の身勝手、私の責任、私の罪……全てが終わったら私も必ずそちらに行きます……どんな罰でも受けます。だから僚……私だけを憎んで」

パティーユは両腕を大きく振り上げる。

僚を捕らえた氷の牢獄が、龍穴の真上へ動く。

「……愛しているわ……僚――」

パティーユが両腕を振り下げ、そして僚は龍穴へと深く深く落ちてゆく。

その瞬間、直斗たちの状態異常は解除された。

The adventurer called
the worst disaster is
busy for good deeds after he died once.

第二章 *The second chapter*

ある蒸し暑い夏のはじめ。

太陽が傾き、刺すような日差しも少しは弱まった、その日の午後。

「ひゃあああ！」

少し間延びした悲鳴が背後から聞こえて、僚はむしった草を投げ捨てて振り返った。

夏休み期間中に週一で行われる養護施設内の清掃作業で、僚と美亜はいつものようにコンビを組み、建物の裏手で草むしりをしていた。

一七時を知らせるサイレンが鳴り、もうそろそろ終わりにしようと思った矢先、僚の後ろでしゃがみ込んでいた美亜が叫んだ。

「やだあっ!!」

「どうしっ……うぷっ」

振り向くと同時にいきなり抱きつかれた僚は、何か柔らかいものに顔と視界をふさがれ、バランスを崩して尻餅をつく。

「へびへびへびへびへび！　だめ、来ないで！　いやっっ、だめぇ！」

「み、美亜っ、ちょっ、もごっ、落ち、着けって」

パニックを起こした美亜は、僚の頭を抱える状態で馬乗りになり、柔らかな双丘(そうきゅう)をこれでもかと押し付ける。

「ど、どくへびっ、やだっ」

「む、ぐっ、み、あ……」

どうにかして美亜を引き剥がそうと動かした僚の手が、水風船のように弾むふくらみを掴んだ。

掴んだ、というか……。

〝やばっ……やらかい……〟

多分、揉んだ。どさくさ紛れにおそらく二、三回、いやもう少し多いかもしれない。

それは手に馴染む、大きさは……ほどよく実ったリンゴ。

〝ってアホかっ、何考えてんだ俺!!〟

僚は自己嫌悪に陥りながらも、慌てて両手を地面について僅かに身体の方向を変え、なんとか顔をずらして、美亜が作業をしていた所に目を向ける。

一メートルほどの真っ黒なヘビが、うねりながら垣根をくぐって逃げるのが見えた。

若干の後ろめたさを感じながらも、そのヘビの後姿に、こっそりと心の中で感謝したのは僚の永久の秘密。

「み、美亜っ、もう大丈夫、もう逃げたからっ」

「……え……？」

ようやく落ち着きを取り戻した美亜は腕を緩め、涙の滲んだ瞳で僚を見下ろした。

「ほ、ホント？」

「ほんとだって、もういないから大丈夫。ってか、そろそろ、その、離れてくれない？」

「え？　ふみゃあっ⁉」

我に返った美亜は、非常に危ない部分に、非常に危ない姿勢で馬乗りしている自分の姿に、もう一度小さな悲鳴をあげた。

「ご、ごめんね僚ちゃんっ、私っへび、苦手でっ、そのっ、だって手も足も無いのに、うにょうにょ動いてっ、それにあの目っ、背筋がぞっとしてっ」

大慌てで立ち上がった美亜が、顔を真っ赤に染めて背を向ける。

「ああ、う、うん、大丈夫っ。き、気にする事ないよっ」

そう答えた僚の掌には、まださっきの柔らかな感触が残っていたが、幸い美亜は……。

「それはそうと僚ちゃん……揉んだよね？」

「え？」

気付いていた。しっかりと。

「揉んだよね？」

美亜はもう一度繰り返し、赤い顔で瞳を潤ませ、伏し目がちに僚を睨んだ。

「あ、いやっ、あれは、そ、その、なんていうかっ……」

「しかも、さっきのヘビに、ありがとう、とか思ったでしょ」

こちらも見事にバレていた。

「あ、いえ、そんな事は」

「僚ちゃん？」

「はい、ごめんなさい」

結局、僚は抹茶ラテを奢らされる事になった。

その後。

いくら僚が説明してもあれは絶対毒蛇だと言い張り、美亜は頑なにその蛇が出た場所に近づこうとはしなかった。

ある蒸し暑い夏の午後。

夕立のあとに空から消える雲のように、遠く青空に溶けていった大切な記憶。

そこは眩い光の奔流。

何処へともなく流され徐々に溶け込んでゆく。

自分がもう死んでいるのだと自覚出来る不思議な感覚。

既に痛みも苦しみもない。

手足の先から少しずつ消滅しているが、恐怖もない。

やがて身体は完全に消えて無くなり、意識だけが漂う。

「……結局、この世界でも要らないヤツだったのか……」

両親に捨てられ、元いた世界に捨てられ、やって来たこの世界にも捨てられた。

「……なんか、くだらない人生だったのかな……」

思えば、陸上でもこの世界でも何とか頑張ってきたのは、偏に誰かから必要とされたかったから。

誰かに必要だと言って欲しかったから。

「要らないんじゃなくて、いちゃいけない存在なんて……」

だが悲しみもない。

それを感じる事ももう出来なくなっているのだろう。

「もう、どうでもいいな……」

空が見える。海が見える。森が、草原を渡る動物たちが。

いくつもの光景が同時に見えている。

既に星の意識に捕らわれ始めているのだろう。最早どこからが自分の意識で、どこまでが星の意識か、その境も曖昧になってきた。

「このまま……消えるのも、悪くないか……」

もう考える事さえ出来なくなりそうになったその時だ。

〝いけません！〟

それは、聞いたことの無い女性の声。

涼やかで透き通るような、たおやかな、それでいて何処か力強い声が意識に直接響いた。

「誰か知らないけど……もうほっといてくれ……俺は……もう消えるんだ」

〝駄目です！　貴方が消えてしまったら、貴方の大切な人もまた消えてしまう〟

「俺以外にも、覚えている人はいるさ」

〝いいえ、貴方でなければ意味はないのです。貴方が生きてこそ意味があるのです〟

「俺の……意味……」

〝貴方は約束した筈です〟

「……約束……確かに、約束したけど……」

生まれ変わりを本気で信じている訳ではなかった。ただそう信じたいと願った。

そして約束した。

どこかの世界で生まれ変わったら、絶対に美亜を探す、もう一度必ず美亜と出会う、と。

〝ならば信じてください。そして探してください。ここで、この世界で〟

「でも……」

〝貴方は知っている筈です。自らが動いた先に、自らの道が開ける事を〟

この女性が誰なのか、なぜ約束の事を知っているのか。

〝貴方を必要とし、悠久（ゆうきゅう）の時の中で貴方を待つ者〟

声がこたえる。

「探す……」

〝そのためには生きて、生きてください〟

「生きて、いいのかな……」

〝もちろんです、貴方が生きる事で生まれる希望もあるのです〟

「俺が、誰かの希望に、なれる」

〝そうです、だからお願い生きて！〟

もう既に身体は無かったにも拘わらず、涙が頬を伝うのを感じた。

「ありがとう。誰か知らないけど……でももう遅いよ。俺は死んでるし、身体も消滅したんだ」

〝諦めないで！　強く自分を意識するのです。自分の手を、脚を、目を、耳を、自分の存在を強く強く。貴方にはそれが出来る。それが貴方の真の力〟

「ああ、そうか、それが俺の……」

唐突に理解した。

それは真理の力。

消滅した肉体を再構築してゆく。骨を筋肉を皮膚を内臓を。何故か全てが分かる。頭からつま先、一つ一つの細胞に至るまで、意識を集中させる。

〝私を……探して〟

きらきらと、声が笑った気がした。

〝いつか、何処かで〟

「うん。いつか、何処かで」

光の奔流の中を突き進む。もう流されてはいない。

何かに導かれる様に細い流れに入り、やがて小さな、だが確かな点を見つける。

「あれが龍穴か」

一気にその龍穴へと飛び込んだ。

◇◇◇◇◇◇

さわさわと木々を揺らし、温かい風が通り抜ける。生を謳歌する小鳥たちの囀りが、そこかしこから聞こえてくる。

草の上に立膝をついて佇む少年は、まるで時の流れに取り残された彫像のように微動だにしない。目覚めを促す光風が頬を掠め、少年は目を開く。一体何時からこうしていたのだろう。もう何年も過ぎてしまったような気もするし、ついさっきのようにも思えて時間の感覚がよく分からない。

「俺は……」

誰だったのか。

自分の名前が咄嗟に出なかった事に戸惑いを覚える。

「僚……そう、明日見僚……」

その瞬間に記憶が蘇る。

だがそれは、空っぽの器に明日見僚としてのデータがダウンロードされたような、奇妙な違和感を覚えるものだった。

「……俺、死んだはずじゃ」

背中から刺され、龍脈へ落とされ肉体は完全に消滅した筈。そこまでは覚えているのだが、その後どうやって復活したのか、ぼんやりとしか思い出せない。

何か大事な事があったような気がするのだが、肝心な部分は靄が掛かり、霞んでしまってはっきりとしない。それはまるで、目覚めた瞬間に思い出せなくなる夢に似て、考えれば考える程遠く過ぎ去ってゆく。

「探せ……たしかそう言ったような……」

龍脈を、意識だけとなって漂うさなか、聞こえた女性の声。

「信じて、探せ？　この世界で……」

何故かその部分だけが、やけにはっきりと蘇ってくる。声の主が誰なのかは分からない。しかし、その言葉の意味するところは一つだ。

〝僚ちゃん。私を、探して〟

何処からか美亜の声が聞こえた気がして、シリューは碧く深い空を見上げた。

「異世界に……いるのか、美亜……」

この世界に美亜が転生している。

僚は今はっきりと確信した。

そして、心の中で波のように繰り返される、謎の女性の声。

〝信じてください。そして探してください。ここで、この世界で〟

「悠久の時の中で貴方を待つ者、か……」

彼女が何者なのかは分からない、だがおそらく彼女は全てを知っていて、美亜を探す手掛かりになるはずだ。

僚は、無意識に右手を握りしめていた。

生きてゆく、この世界で再び美亜と巡り合い、あの日の約束を果たすために。

そのためには、先ずは現状把握だ。

「ここ、どこだ？」

ゆっくりと立ちあがった僚は、周りを見渡して呟いた。

「森？」

ここがシャールの森だった場合、このまま留まるのは得策といえるだろうか。

心臓を貫かれたのだから一度死んだのは間違いない、ならば勇者たちの呪いは解呪されたとみていいだろう。だがそうでない場合。

生きていると知られれば、追われてもう一度殺されるのだろうか。

血に濡れた剣を握りしめ、涙でくしゃくしゃになったパティーユの顔が浮かんだ。どことなく、美亜と同じ雰囲気を持っていたパティーユ。美亜と同じ癖があり、何故か僚の好みを知っていた。

「やっぱり……パティが……」

その瞬間、焼け付く様な激しい痛みが僚の心臓を襲う。

「かはっ、ぐっ」

全身の力が抜けて足元から崩れ落ちる。

「はあっはぁ、はぁ……」

僚は胸を押さえて蹲り、何とか落ち着こうと荒くなった息を整える。

「くそっ……な、んだよ」

おそらく刺された時の記憶と共に、その痛みも再現されたのだろう。シャツのボタンを外すと、丁度心臓の真上に大きな傷跡が残されていたが、幸い心臓はしっかり脈打っている。

僚は立ち上がり、森の出口を目指して歩き始めた。

早急に森を抜け、エルレイン王国を脱出する。大した力のない僚には、今はそれが最善だと思えた。

「とにかく、逃げよう」

可能性があるにしても、今それを確かめる方法はない。

「パティ……」

あれからどれ位歩いたのか。

行けども行けども、景色は殆ど変わらない。そもそも真っすぐ進んでいるのかさえ怪しくなってきた。

「なんだろう、全然進んだ気がしない」

ふと口をついて出たものの、実際にはただ歩くのに飽きただけで、全く疲れがない事に気付いた。

「あーあ、疲れた……って、ん？」

「どうなってるんだ？」

獣道を通り、草木を掻き分け、彼此四〜五時間は休みなく歩いている。それなのに、疲れないどころか空腹を感じる事もなく、汗一つかいていない。

「ま、悪い気分じゃないから、気にしないでいいか」

それよりも差し迫った問題。もう随分日が傾いているし、このままだと野宿は避けられない。

「日が暮れる前に森を抜けたいけど……木の上からなら出口が見えるかな？」

僚は木々を見上げ、登るのに手掛かりになりそうな枝を探す。

「あれなら、届くかな」

四メートル程の所に横に張り出した枝を見つけた。全体的な枝ぶりから登り安そうでもある。強化されている今の体力なら十分届く筈だ。僚はその場に深く沈み込み、腕を振り上げるタイミングに合わせ、思い切り脚を踏み込んだ。

大きな爆発音を伴い足元の地面が爆ぜる。耳に聞こえる空気の唸りは、怪物の叫び声すら生ぬるく、最早ジェット戦闘機の爆音に近かった。

「え？」

ほぼ一瞬の間に、森の樹頭を遥かに超えた上空に到達していた。

上昇が止まり、下降を始める。

「わっ、ちょっと待っ」

高さの感覚が掴めないが、明らかに百メートル以上はある。この高さから落ちれば……、想像はしたくない。

僚は落下しながら、無意識に足を踏み込んだ。

体育館の床を蹴った様な鈍い衝撃音が響き、再び上昇する。

「何だ？　今、足場ができたような……」

僚はもう一度、今度は意識して脚を踏み込む。そのタイミングに合わせ足元がひかり、透明な足場が一瞬構築され更に上昇する。

【固有スキル、翔駆(しょうく)を獲得しました】

「ええっ？」


いきなり目の前に文字が表示された事に驚き、僚は手を伸ばすが触れる事ができない。どうやら網膜(もうまく)に直接投影されているか、脳内で視覚として処理されているようだ。

いまだにステータスは表示されないようだが、スキルを獲得できた事に僚は思わず口元を緩めた。

が、すぐに真顔に戻る。

「どうするんだ、これ」

上昇速度は緩やかになってきたが、今や雲を突き抜け数千メートル。やがて上昇が止まり下降に転じる。ここまでくると落下と言うより墜落である。

「うわあああ！」

徐々にスピードが上がってゆく。

「まてっ、落ち着けっ、何か、方法がっ」

だがゆっくり考える暇はない。猛烈な勢いで地面が迫る。

「そうかっ、階段だっ」

上昇した時は踏み込みに力を入れ過ぎて、言わば階段を二段飛ばしに昇ったようなものだ。ならば、階段を下りる感覚でゆっくり踏み込めば……。

僚は、つま先をつくように踏み込んだ。

足元がひかり、足場が構築され若干落下速度が落ちる。

「よしっ、思った通りだ」

右脚、左脚と繰り返すうちに徐々に速度が緩まり、五メートル程の所からはそのまま着地する。

「上手く、いった……」

僚は地面に座り込むと大きな溜息を零した。

「次からは、慎重にいかないとな」

スキルを獲得出来たのは素直に嬉しい、だが自分の中で何か、いや自分自身が変わっている。

僚にはそれがいい事なのか悪い事なのか、分かりかねていた。

辺りには夕闇(ゆうやみ)が迫っていた。

結局、日没までに森を抜ける事はできず、適当な場所を見つけて野宿する事にした。

覚えたてのスキル、翔駆を試してみたのだが、垂直方向はともかく水平方向はコントロールが難しく、自分の意識した方向に全く進めないうえ、何度も地面に激突した。

「いたたっ、以前なら折れてるよな、これ」

火を起こすための枯れ枝を集めていた僚は、左肩をさすりながら呟いた。身体のあちこちに痛みがあるが、幸い折れたり動かせなくなったりした所はない。

「ええと」

集めた枯れ枝を纏め、火を付けようと腰を下ろして気が付いた。

「……どうやって、火を付ける？」

マッチもライターも無い。いや、そもそも今持っているのは身に着けた衣服と靴だけ、武器は勿論ナイフさえ無い。サバイバル系のテレビ番組で、枯れ木を使って火を起こすのを見た事はあるが、それもナイフである程度加工してやる必要があった。

僕は真剣に集めた枯れ木の山を、空しい気持ちでじっと見つめた。

「魔法、使えればなぁ」

何度か見た事がある着火の生活魔法。森での訓練中、ほのかが昼食や休憩時に使っていたのを思い浮かべる。

「確か、アリュマージュ……」

その時、ぼんやりと眺めていた枯れ木の山が一気に燃え上がった。

「うわあっ！」

あまりの火の勢いに、思わず大声を上げ身体をのけぞらせる。

「どういう事だ？　今の魔法、だよな？」

何故魔法が発動したのか。呪文も詠唱していない、ただ頭の中でイメージしただけだ。それに、アリュマージュの火は精々(せいぜい)指先程度のもので、言ってみれば蝋燭(ろうそく)の炎だが、今のはまるでキャンプファイヤーだった。明らかに規模がおかしい。

「着火って言うより、放火だよ」

僚は毛先の焦げた前髪をいじり呟いた。

変わっていたのは、身体や身体能力だけではなかったという事だろうか。今のところステータスを表示させる事ができていない為、詳しい内容は分からないが、以前は生活魔法でさえ使えなかったのだ。

「魔法が使えるようになっただけマシか」

僚は木の根を枕に横になった。

木々の間から覗く星空をぼんやりと見上げ、この世界に来てからの事を思い返す。

「……何でこうなったんだろ」

だがすぐに考えるのを止めた。

「それより、これからの事だな」

勇者たちに見つかれば、きっと命を狙われるだろう。ならば人里離れた場所で、隠者生活を送るか。

「却下。退屈で死ねるな」

それに、籠(こも)っていては約束を果たす事もできない。

〝隙をみて反撃して、復讐を果たす？〟

「うん、それも百パー無しだな」

その選択肢は確実に魔神への道に一直線だ。それに復讐したいと思う程、恨みがある訳でもない。

そこは僚自身不思議だったが、おそらく龍脈から復帰した事で身体に変化があったように、心にも何等(なんら)かの変化があったのだろう。

「後は、そうだなぁ、冒険者でもやって地道に生活していくか」

今の身体能力なら冒険者としても、そこそこ生活していけるぐらいは稼げるだろうし、情報も入ってくるはずだ。

「とりあえず、街に着いたら冒険者登録しよう」

僚は目を閉じ、ゆっくりと眠りに落ちていった。

夜も深まった時分。

ふと目を覚ました僚は、ちろちろと燃える焚火(たきび)の先に、背筋の凍るような気配を感じ慌てて半身を起こした。

炎の先の暗闇をじっと凝視する。

ゆらり、と闇自体が揺れたような気がした。

心の奥で、本能が叫びを上げる。

〝やばいっ〟

僚は咄嗟に地を蹴りその場から飛び去った。

刹那、暗闇から放たれた塊が焚火の炎を掠め、今まで僚の居た場所に降り注いだ。

「液体？　何だ？」

木の陰に隠れ、様子を窺う。だが、どんなに目を凝らしてみても、星明り程度ではその正体を見る事ができない。

「どこだ？　くそっ」

この場に留まるのは危険だ、だが下手に動くのはそれ以上に危険だと、僚の本能が告げる。気ばかり焦って、冷静に対応ができない。これではまるで肉食獣に追い詰められた獲物だ。

「狩られてたまるかっ」

そうは言ったものの、この闇の中で敵を見つけるのは難しい。それに対して、相手からは自分の姿が見えているのだろう。

「夜行性の魔物……暗視ができるって事か……」

せめて月が出ていてくれれば、そう思った時。

【暗視モードに移行します】

「は？」

翔駆の時と同じように文字が表示され、同時に辺りが昼間のように明るくなった。

「な、何だこれっ？」

僚は突然の出来事に思わず声を漏らす。

通常、暗視装置の画像は緑色に調整されている。それは可視光の中間の波長の色が緑で、最も知覚しやすい為であるのだが、今見えているのは、太陽光の下と全く同じ色だった。戸惑いはあるものの、これで少なくとも視界に関しては対等だ。

「いた！」

こちらからは見えていないと思っているのだろう。それは何の警戒も疑念も持たず、ただ怯えて動けない獲物を捕らえようと、真っすぐに走り寄ってくる巨大な……巨大な……。

「きもっ！」

胴体部分だけで二メートル、脚を広げれば八メートル以上はありそうな巨大なクモ。八本の長い脚をわらわらと素早く動かし、非常識なスピードで向かって来る姿に、僚は総毛立つ(そうけだ)思いだった。

だがじっとしている場合では無い。相手がクモなら、さっき飛んできた液体は毒か消化液だろう、まともに喰らえば動けなくなる危険性がある。

「それならっ！」

僚は巨大グモに向かって一気に駆け出す。

クモが液を吐いた瞬間、左に躱して飛び着地と同時に右へ切り返す。毎晩の訓練で身に着けた動き。その速さは巨大グモのそれを遥かに凌駕していた。

一瞬、獲物の姿を見失い無防備になったクモの横腹に、全開の速度を乗せた飛び蹴りを放つ。

ブーメランのように回転しながら吹き飛んだクモは、巨木に叩きつけられ体液をまき散らし四散する。

「何とかなったな」

僚は思ったよりも簡単に片が付いた事に、ほっと胸を撫でおろす。

「そうだ、あいつの魔核(コア)を売れば」

魔物の体内には一体につき一つ、魔核(コア)と呼ばれる色の付いた水晶状の物体が存在する。魔核(コア)は魔法具を動かす燃料として、また装備を強化する素材として需要が高い。採る魔物のランクが上がれば上がるほど、良質な物となり値段も上がる。

「一撃で倒せた相手じゃ、大した値段にはならないかな?」

それでも、一文無しの現状からすれば比べるまでもない。身体から素材になりそうな物を剥ぎ取ればそれも幾らかになる筈だ。

そのためには解体する必要がある。ナイフも無しで。

覚悟を決め巨大グモの死体に近づこうと歩き出した時、僚は背後に迫る圧迫感に気付いて振り返る。

その瞬間、ぱしゃんっ、と水風船が弾けるように、粘着性のある液体が僚の胸に当たった。

「……な、に……?」

濡れた部分に触れようとしたが、腕が上がらない。液体の飛んできた方向を見ようとするが、顔も上げられない。辛うじて動く目線を向けた先にそいつはいた。

「ま、さ……もう、一……匹」

先程倒したものより更に一回り大きなクモ。ならば、この液体は速攻性の毒だろう。急激に身体の力が抜けてゆき、僚は糸の切れた操り人形のように仰向けに倒れる。

〝ヤバい、ヤバい、ヤバい！〟

僚は心の中で何度も叫んだ。最早声を出す事もできない。毒が効いて僚が動けないのを確信したのか、巨大グモはゆっくり、ゆっくり焦らすように近づいてくる。

〝冗談じゃない〟

心臓を刺され一度死んで、龍脈から復活したその日に、クモの化物に生きながら喰われて死ぬ。

〝ふざけるなあああ！〟

恐怖よりもこの理不尽に対する怒りが爆発的に込み上げる。

〝何でもいい！　魔法をっ〟

その時、ほのかが使った最も初歩的な攻撃魔法が、雷光のように脳裏をよぎる。

〝快速(かいそく)の矢、瞬(また)け！　マジックアロー!!〟

殆どやけくそだった。なんの確信も根拠もない。ただ叫んだ。心の中で必死に叫んだ。

僚の頭上に青白い光が輝く。

その光から、空気を割る衝撃波を伴い透明の鏃が撃ち出された。

音速を超えた鏃は轟くような大音響を生み、巨大グモの頭と胴体の半分を吹き飛ばし、更に森の大木を数本なぎ倒して消えた。

その直後。


【麻痺毒をレジストしました】

身体の感覚が完全に戻り、動けるようになった。

「……なんか、色々ツッコむ必要……あるよね？」

戦いの後の惨状を眺め、僚はぽつりと呟いた。

「とりあえず、魔核と素材を回収しとくか。あんまり気は進まないけど……」

僚は、マジックアローで倒したクモの傍に立ち大きく溜息をついた。

間近で見ると、全身鳥肌が立つ程気持ち悪い。

「魔核は……良かった無事だ」

吹き飛んだ胴体の残骸から、黄色の魔核が見えていた。

「それにしても……」

マジックアローは発動が早く、必要な魔力も少なくてすむ。その分攻撃魔法としては威力も小さく、おもに牽制の為数発を同時、又は連続で使用する。

「威力、おかしいだろ」

これでは、アローと言うよりもミサイル、いや胴体を吹き飛ばしながら貫通し、幹の直径が一メートルはある木々をなぎ倒した威力は、さながらレールガンと言ったところか。とにかく使い方を考える必要がありそうだ。

「さてと、この脚は使えるかな？」

短い毛の生えた身体の割に長く太いクモの脚に、嫌々ながら指先で触れた時。

【ガイアストレージに保存しますか？　YES／NO】

またしても例のメッセージが表示された。しかも今度は選択肢付きだ。

「えええええ⁉　ガイアストレージ？　何？　説明は？」

色々な事が、次々と起こり過ぎて、最早キャラ崩壊寸前だった。

【ガイアストレージ：星の保管庫。生きているもの以外を収納出来ます。数量、質量に制限無し。有機物については時間経過無し。無機物については自動修復機能有り。直接手で触れる事で収納、メニューもしくは直接アクセスする事で取り出しができます】

何の前触れも無く解説文が表示された。

「なんか……凄い……凄いけど、メニューって何だ……いや、今はやめとこう」

魔物の死体を放って置くと、その匂いに惹かれて他の魔物が集まって来る。今の状態でそれは避けたかった。僚はとりあえずYESを選んだ。すると巨大なクモの死体が跡形も無く消えた。

【ハンタースパイダーをガイアストレージ、新規フォルダー『魔物・素材』に保存しました】

「ハンタースパイダーって……もうツッコむ気も起きない、後でゆっくり考えよう」

僚は一旦考えるのを放棄し、もう一匹のクモ、ハンタースパイダーに向かった。

こちらは、思い切り蹴り飛ばし木に激突した衝撃で、脚の何本かが千切れたうえ、腹の部分が裂け薄黄色の体液が溢れていた。簡単に言うと更に気持ち悪い。

「うえぇぇ、さっさと収納してしまおう」

僚が胴体の残った脚に触れようし近づいた時、溢れ出た体液の中で何かがもぞもぞと動いた。

「うわぁぁ！　も、燃えろっアリュ……？」

一気に燃やしてしまおうと叫んだ着火の魔法を、僚は途中で止めた。

「ん、くっ……」

動く物体から、鈴のように澄みとおった、甘く可愛い呻き声が聞こえたのだ。恐る恐る近づいてよく見ると、それは小さな小さな……。

「人？　ってこれピクシーか？」

僚は汚れるのも構わず、そのピクシーをそっと両手で掴む。クモの体液で汚れてはいるが、人形の様に愛らしい顔には赤みが差し、息に乱れも無い。

「生きてる……ええと、そうだ」

生活魔法・洗浄。エマーシュや他の魔術師が使った時の事を思い浮かべる。一度見た魔法なら使える、ここまでくるとそう考えるのが妥当だ。但し、大雑把なイメージでは無く、あくまでも優しく、丁寧に、そして慎重に……。

淡い水色の光が、僚と僚の手の中で眠るピクシーを包む。洗浄の魔法が発動し綺麗に汚れを落としてゆく。

「う……んっ……」

ピクシーは掌の中で小さく身悶えした。

「話には聞いてたけど、初めて見たな……」

体長は二十センチ程で、背中に四枚の透明な羽があるが、姿は人間の女性とほぼ変わらない。尖った耳に、腰まである透きとおる様な緑の髪と水着の様な服。

【解析を実行しますか？　ＹＥＳ／ＮＯ】

「解析？」

【固有スキル　解析：事物の構成要素を理論的に調べることにより、その本質を明らかにします。生命体についてはその能力をステータス化して表示、工芸品等については構成素材、年代、作成者、作成地、真贋等を判断します】

「どうぞ、ＹＥＳで……」

もう、驚く気も起きなかった。

〝種族　ピクシー〟
固有名　無し
年齢　１３２歳
魔力　80
魔力量　８／３５０
スキル　幻惑　姿消し
魔法　精霊の加護　空間
アビリティ　魔力
状態　気絶

「何気に魔力量多いな、年齢も一三二歳だし。気絶って事は、起こしても大丈夫かな……」

ピクシーは、その希少性から不可侵対象になっていた筈だ。このまま連れていけば罰せられる可能性があるし、かと言って此処に放って置けば、目覚める前に魔物に喰われるかもしれない。

「おい、起きなよ」

僕は眠るピクシーの頬を、指先で軽くつついた。

「ん……」

ピクシーはゆっくりと目を開けた。瞳は艶やかなルビーのように赤い。ただ、起きたばかりで状況が掴めていないのか、目の焦点が合っていないように見える。

それからぴくんっと身悶えすると、思い出したかのようにいきなり叫び声をあげた。

「いやあぁぁ！　食べちゃいやあ！　食べないでぇぇぇ!!」

おそらく、ハンタースパイダーに喰われる寸前の恐怖が蘇ったのだろう。頭を抱えて大泣きし始める。

「もう大丈夫だよ落ち着いて。君を食べたクモはやっつけたから、怖がらなくていい」

僚はパニックになったピクシーをこれ以上脅かさない様に、いつもより一オクターブは高い声で、優しく静かに語り掛けた。

「……え？……ひっく……ニンゲン？」

ピクシーは顔を上げ、大きな瞳を更に大きく見開いて僚を見つめた。

「言葉分かるの？」

「ん？　ああ、そうだね。ちゃんと分かるよ」

僚の掌の上で半身を起こし、不思議そうにちょこんと首を傾(かし)げたピクシーだったが、すぐにまた眉根を寄せ、不安げな表情になった。

「ニンゲンは……わたしたちを捕まえて、籠の中に閉じ込めるって聞いたの……」

「ああ、それで……」

僚も聞いた事がある。捕獲が禁止されているピクシーだが、好事家(こうずか)の間では高値で取引される為、違法な捕獲が後を絶たないらしい。

「大丈夫。君を捕まえたりしないよ」

「ほんと？」

僚は微笑んで大きく頷いた。

「いじわるしない？」

「しないよ。ほら、飛べる？」

僚はそっと掌を開いた。ピクシーはパタパタと羽を動かしほんの少し浮き上がったが、すぐにまた掌の上に降りて力なくへたり込んだ。

「……まだ、上手く飛べないの……」

さっきまでクモの腹の中に閉じ込められていたのだ、体力も魔力も戻っていないのだろう。

「暫くそこにいて」

僚はピクシーを自分の肩に乗せ、空いた手をハンタースパイダーに向けた。

「それ、死んでる？」

僚の髪をがっしりと掴み、ピクシーが震えた声で尋ねた。

「大丈夫、死んでるよ」

横たわるハンタースパイダーを軽く蹴り、何の反応も無い事を怯えるピクシーに確認させる。

「ね」

ピクシーは納得したように頷いたあと、きょろきょろと辺りを見渡した。

「他に誰もいない……一人でハンタースパイダーをやっつけたの？」

「そうだけど、どうして？」

ピクシーは驚いた顔で、僚を見つめた。

「すごいの。普通、ハンタースパイダーをやっつけるにはパーティー？　を組んで何人かで一緒に戦うの」

「へえ、そうなんだ」

僚は口元を緩め答えたが、ピクシーの言葉を真に受けてはいなかった。龍脈から復活した後、身体能力が強化されたとは言え一撃で倒せた相手だ。

それでも小さなピクシーからすれば、怪獣みたいなものなのだろうが。

「さ、とりあえず此処を離れようか」

僚は、ハンタースパイダーをガイアストレージに収納した。

「空間魔法……マジックボックスを使えるの？」

「えっと、ああそうだね」

「わたしも使えるの、でもこんな大きいのは無理なの」

ガイアストレージが果たして空間魔法なのか、僚にはよく分からなかったが、説明も面倒なのでそう答えておくことにした。

「じゃあ行くよ、しっかり掴まってて」

ピクシーが僚の肩でこくりと頷く。

僚は未だ深い夜の闇に包まれた森の中を、しなやかな野生動物の様な身のこなしで駆け抜けた。

「この辺りでいいか」

十分程森の中を走り、適度に開けた場所を見つけた。夜明けまではまだ時間があるだろう。色々とあり過ぎて完全に目が冴えてしまったが、ゆっくり考える時間が欲しかった。それに【暗視】があるにしても、これ以上魔物に遭遇するのも面倒だ。

僚は腰を下ろし集めた枯れ枝に火を着けた。相変わらず、ガソリンに引火した様な炎が巻き上がる。

「今の……アリュマージュなの？」

ピクシーが炎の勢いに驚いて目を丸くする。

「え？　ああ、そうみたい。ま、気にしないで」

ピクシーは僚の肩から、膝の上にひらりと移動し、上目遣いにじっと見つめた。

「不思議なの、貴方からは魔力が感じられないの。それに暗闇の中をあんなに早く走れる、まるで見えてるみたいなの」

「それも、気にしないでくれると助かるかな」

実際、自分でもよく分かっていない。

ピクシーはちょこんと頷いて、僚の膝に腰を下ろした。

「夜明けまでまだ間があるから、暫く眠るといい」

僚は何気なく言ったのだが、ピクシーは急に眉根を寄せ不安げな表情を浮かべた。

「寝てる間に、どっかに行っちゃわない？」

一人にされるのが、よっぽど怖いのだろう。あんな目に遭えば当然と言えば当然だが。

「大丈夫、何処へも置いていかないよ。明るくなるまでは一緒にいるから安心して」

僚の言葉に安心したのか、ピクシーは自分の腕を枕に横になり、暫くすると可愛い寝息を立て始めた。

「さてと……」

僚は、ピクシーが眠ったのを確認すると、【暗視】を解いた。

辺りが夜にふさわしい闇に包まれる。

「まずは、メニューから……」

【メニューをひらきますか？　ＹＥＳ／ＮＯ】

僚は迷わずＹＥＳを選んだ。

【メニュー】

『ステータス』

『固有スキル』

『スキル』
『魔法』
『アビリティ』
『ガイアストレージ』
『ギフト』

メニューの文字の後に、パソコンやゲーム画面の様なタブが並んでいる。
「とりあえず、ステータスかな」

『ステータス』
〝明日見　僚　?〟
称号　?・?・?　龍脈からの帰還者　異世界の旅人
年齢　17歳
魔力　0
魔力量　0
固有スキル　翔駆　ガイアストレージ　解析　完全再現　抵抗
スキル　無詠唱　並列思考　麻痺耐性　暗視
魔法　火、土、雷、光、無、生活

アビリティ　真力
ギフト　生々流転

「……また、初っ端おかしなの出たぞ……」

色々と変わってはいる、が。

「名前の後ろ『?』ってなんだよ」


【特定に時間を要します。任意に変更が可能です。回数制限無し】


「え？　俺の特定に時間が掛かる？　なんで？　変更可能って、名前を自由に変えられるって事か……こっちは便利かも」

勇者たちから逃げるなら、偽名を使い別人に成りすます方がいいだろう。

「あと……うん、称号はどうでもいいな」

相変わらず魔力、魔力量共にゼロ。どうやって魔法を発動しているのか分からないが、ここまでくるともう気にしたら負けだ。そう思った。

「うん、気にしたら負けだ」

翔駆、ガイアストレージ、解析は使ったから分かる。

『固有スキル』
【完全再現：一度見た魔法・特殊技能を再現出来ます。但し魔法は発動の過程まで見たものに、特殊技能は攻撃を受けたものに限ります】
「それで……魔法が使えるようになったのか……それはいいとして。特殊技能は攻撃を受けたものって……覚える前に死ぬんじゃないか？」
【抵抗：魔法・特殊技能及び状態異常の攻撃を受ける事によって、その攻撃に対する耐性を得る事ができます】

ゲームの様に即死系とか、腐食系とかあったらどうなるのか。
「だから、死ぬって」

『スキル』
【無詠唱：魔法を詠唱無しで発動する事が出来ます。詳しくは『魔法』の項目を参照してください】
【並列思考：幾つのも思考を同時に行う事で、別系統の魔法を同時多発的に発動します】
【麻痺耐性：麻痺攻撃を完全にレジストします。魔法・薬物・ガス等攻撃の種類は選びません】

『魔法』

イメージ、又はメニューから発動する事が出来ます。
【火：フレアバレット】
【土：メタルバレット】
【雷：サンダースピア】
【光：セイクリッドリュミエール】
【無：マジックアロー】
【生活：洗浄　着火】

確かに一度見たものばかりだが、おかしな点もあった。聖系統である治癒魔法がリストに無いのだ。
「何度も体験したのに、なんでだろ？……ま、そこまで万能じゃないって事かな」

『アビリティ』
【真力：魔力・覇力・理力を同時に行使出来ます。但し覇力については現在未修得です】
「初めの頃に比べれば、ぜんぜんマシだよな。それで、一番知りたい項目は……？」

『ギフト』
【生々流転：世の中の全ての物は、次々と生まれ時間の経過とともにいつまでも変化し続けていく】

「……それ……四字熟語の説明ですよね……」

やっぱり辞書そのままだ。能力については、一切説明する気がないらしい。

「自分で答を探せって事かな？」

溜息交じりに呟いてはっと気が付いた。

「……って、これ誰が解説してるんだ？」


【セクレタリーインターフェイスです】


「そうですか……」

つまり、スマートフォンとかの音声ガイドみたいなものだろう。

「後は、身体能力補正と、覚醒が消えてる？」

最後に賢者の石板で確認した時にはあった、覚醒の項目が消えている。

「……まさか魔神の覚醒とかじゃないよな」

【覚醒については不明です。身体能力補正については、現在五感を含む体力、筋力、耐久力、持久力等の身体能力が超強化されているため消失しています】

「……超……」

僚は握った右の拳をじっと見つめた。

「なんかもう、人間かどうか怪しくなってきたな」

まるで、四十年以上続く変身ヒーローのようだ。冒険者として生きる為、勇者たちから逃げる為には都合がいい訳だが。

「これ以上考えるのはよそう」

気が付くと、東の空が白み始めていた。

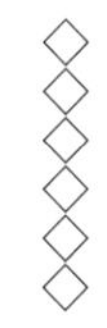

辺りがすっかり明るくなり、朝を告げる小鳥の声が響き渡る。

ピクシーは目を開けると、半身を起こして大きく伸びをした。

「目が覚めた?」

ピクシーはきょろきょろと周りを見渡し、僚の顔を見上げた。

「おはようなの。もしかして、ずっと起きてたの?」

「ああ。また魔物に襲われたら困るからね」

何でもない事のように笑う僚の姿に、ピクシーは僅かに残っていた警戒心を解いた。

〝この人は信用出来る〟

ピクシーはふわりと羽を広げ、僚の顔の前に浮き上がった。

「貴方はニンゲンだけどいい人なの。助けてくれてありがとうなの、です」

ぺこりと頭を下げる仕草と変な敬語が妙に可愛い。

「気にしなくていいよ。偶々(たまたま)倒した魔物の中に君が居ただけだから」

僚はゆっくりと立ち上がって、木々の間から見える空を見上げた。

「いい天気だ、俺はもう行くからお家にお帰り。魔物に気を付けてね」

背を向けて歩き出した僚の目の前に、ピクシーは慌てて回り込んだ。

「待つの、ピクシーは受けた恩には必ず報いるの」

確かに、そういう話は聞いた事があった。この世界に来てからか、元の世界で何かの本で読んだのかは、はっきり覚えていないが。

「ははは、返してもらう程の事じゃないさ。さっきも言ったけど偶々だしね。もしどうしてもって言うなら、そうだな。いつかまた会った時、俺が困っていたら手を貸してよ」

ピクシーは少し考えて、ぷるぷると首を振った。

「ダメなの、ここで別れたらきっともう会えないの。だから何でも一つ、望みを言ってなの」

「え？　何でもって、そんな事ができるの？」

僚は思った疑問を素直に口にした。どう見てもこの小さなピクシーに、人の望みを何でも叶えるような力があるとは思えない。解析でもそんな能力は表示されていなかった。

ピクシーは俯いてもじもじと膝をすり合わせる。

「……今は……ムリなの……で、でも、ユルティーム・ピクシーになればきっとできるのっ」

力説するが、そのユルティーム・ピクシーとやらになるのに、どれ位時間が掛かるのだろう。

「えっと、じゃあ一緒に来る？」

「いいのっ？」

ピクシーは咲き誇る花のような笑顔を浮かべた。

「ああ。俺も一人で退屈してたところだし。それに、旅は道連れって言うしね」

「ありがとう、です。あの、名前を教えてほしいの、です」

「俺は、あす……」

このピクシーが信用できない訳ではない。だが、これからは別人として生きていく方がいいだろう。

「アスカ、シリュー・アスカだよ。宜しく」


【固有名をシリュー・アスカに変更しました】


〝相変わらず唐突で仕事早いな、セクレタリーインターフェイス〟

もう、ツッコむ気もおきかった。

「えっと、君の名前は？」

「ピクシーに固有名はないの、貴方が付けてくれたら嬉しいの」

僚改めシリューは、ピクシーの姿に目をやった。

透き通る様に輝く翠の髪と赤い瞳。美しく整った面立ちに、きりりと引き締まった目元、そしてギャップのある可愛い話し方。

「じゃあ、翡翠、ヒスイっていうのはどう？」

「ヒスイ……いい名前なの♪」

名前を付けて貰ったのが余程嬉しかったのか、ヒスイはきらきらと星を振り撒く様に飛び回った。

「ヒスイは頑張ってユルティーム・ピクシーになるの、です。それまで精一杯ご主人様にお仕えするのです！」

「うん、今なんか、不穏な事言ったね。何？　お仕えするって。それとなんでご主人様呼びになった？」

意味不明は、生々流転とセクレタリーインターフェイスだけで充分いっぱいいっぱいだ。

ヒスイはちょこん、と首を傾げた。

「ご主人様はご主人様なの、です！」

何故か、ヒスイが力強く宣言した。それ以外の選択肢はあり得ない、とばかりに。

「うん、なんかもういいや……」

喜びいっぱいのヒスイを肩に乗せ、シリューは森を抜ける為歩き始めた。

「フレアバレット！」
シリューの放ったラグビーボール大の炎の塊が、逃走しようとするゴブリンの背中に命中し、そ

の上半身を跡形も無く消し去る。残った下半身はそのまま数歩進み、やがて力なく倒れた。

「随分慣れてきたかなぁ」

朝から二時間程歩いただろうか。

時折現れる魔物を魔法の練習がてらに倒しながら、シリューは森の中をさまよっていた。

「すごいの。フレアバレットは初級魔法で普通あんな威力ないの。ご主人様のはおっきくてすごく激しいの、です」

「うん、ヒスイ。言い方おかしいからそれ」

だがヒスイの言う通りだった。通常フレアバレットは拳ほどの大きさで、ゴブリン等最下級の魔物でも倒すのには数発が必要となる。桁外（けたはず）れの魔力を持つ葉月ほのかなら、一撃で倒せる威力を出せるが、それでもゴブリンの身体を穿ち燃え上がらせる程度だった。

所詮初級魔法とはそのレベルなのだ。いやそのレベルの筈なのだ。

なのにシリューのフレアバレットは、その常識を大きく逸脱（いつだつ）していた。

最初に発動した時、その夕日の様な赤い火の玉は直径三メートルを超え、危うく森林火災を起こすところだった。

そもそも魔力の無いシリューには、魔力の調整はおろか魔力そのものが理解できていない。それでも何度か魔法を使い、試行錯誤の結果ようやく分かってきたのは、繊細なイメージを創り上げるという事だ。

おかげで最初は直径三メートル以上の赤い炎だったものが、バランスボール並みのオレンジ色、そして今はラグビーボール大の白に近いオレンジ色と、随分小さくする事ができるようになってきた。

「でも、威力がなぁ」

どうやら魔法一発の大きさは小さくなっても、エネルギーの総量自体は変わらないらしい。結果、エネルギーが圧縮された分、高温・高密度となり、ゴブリンの上半身を魔核（コア）ごと消し去る程の威力になった。なってしまった……。

「これじゃあ、売れる素材も残らないよ」

シリューは下半身だけになった、ゴブリンの死体を眺めて溜息をついた。

「もっと練習しないとダメだな」

大きさ、威力に加え、命中精度にも問題があった。

静止している標的でも僅かにずれるうえに、標的が動いている場合の命中率は三割程度、フォレストウルフ相手にはほぼ当たらなかった。

視線の動きと魔法の発動のタイミング。おそらく、それが命中精度に関係している筈だ。

「次からはその辺を意識してみるか」

役に立ちそうもない、ゴブリンの死体をガイアストレージに納め、何となく歩き出したシリューは、ふと思いついた事をヒスイに尋ねる。

「ねえヒスイ。君は森に詳しいんだろ？」

ピクシーは別名、森の妖精とも呼ばれている。彼女に聞けば、この森が一体何処なのか分かるのではと思っていたのだ。

「ここは、ヒスイのいた森じゃないの、です」

「え？　じゃあ、他の森から来たのか？」

シリューの肩に立ち上がって、ヒスイはじっくりと辺りを見渡した。

「ヒスイはアストワールの森のピクシーなの。でもここは、多分エラールの森……なの」

匂いや直観でその森の名前が分かるのは、ピクシーに備わった能力らしい。

「ヒスイは、どうやってこの森に来たんだ？　やっぱりその羽で飛んできたのか」

翔駆を使った時に確認したが、この森はかなり広大な面積を持っている。アストワールの森との位置関係は分からないが、ピクシーの小さな身体と薄い羽根で移動できる距離とは思えなかった。

ヒスイはぷるぷると首を振った。

「ヒスイは人を探していたの、そしたらワームホールに飲み込まれたの、です」

「ワームホール⁉」

ヒスイの言葉から、いきなり興味を惹かれる単語が出た。

「ニンゲンやエルフは、『森の扉』と呼んでるの、です」

ヒスイの説明によると、ワームホールは大きな森の中で極々稀に起こる魔力現象で、別々の森を結ぶトンネルのようなものらしい。

原理は分からないが森の中にその入口が突如として現れ、付近にいるものを大きさに関係なく飲み込む。飲み込まれたものは、遠く離れた別の森の出口から吐き出される。トンネルは一方通行で出口から入る事はできず、生物を飲み込んだ瞬間に消えてしまう。前兆も予兆も無く予測もできない為、遭遇した場合まず逃れられない。そして、飲み込まれた者の大半に待つのは、死である。

それもそうだろうなと、シリューは思った。

いきなり勝手の分からない見知らぬ森に飛ばされるのだ、余程の運がない限り生き残るのは難しいだろう。

シリューは肩に乗るヒスイを横目に見た。するとヒスイは何かを察したように舞い上がり、シリューの目の前に飛びそれからちょこんと頭を下げた。

「ヒスイはとても運が良かったの。ご主人様がいなかったら、ヒスイはきっと死んでたの。だから、改めてありがとうなの、です」

シリューはくすりと笑った。何とも律儀(りちぎ)なピクシーだ。

「さっきも言ったけど偶々だし、そんなに恩を感じる事ないんだけどなぁ」

「違うのっ、これはきっと運命なの、ですっ」

ヒスイが胸の前で両手の拳を握り、興奮ぎみに力説する。

「なんか、段々大げさになっていくような……」

それにしても興味深いのはワームホールである。ヒスイの話を聞く限り原因や規模は別としても、現象自体は元の世界のものとほぼ同じに思えた。

魔力が絡むのか、重力が絡むのか。機会が出来ればぜひ研究してみたいものだ。

そんな事を考えていた時だ。遠くから微かに聞こえてくる音に気付いた。

「ん？　ヒスイ、今音が聞こえなかった？」

ヒスイは手を添えじっと耳を澄ます。

「……なにも聞こえないの……」

「気のせいかな……？」

そうではなく、おそらく超強化された聴力のせいだろう。意識しなければ聞こえ方は普通と変わらないが、非日常的な音や警戒が必要な音は敏感に拾う。

シリューは目を閉じ、聞こえてくる音に集中する。

鳥の声、木々のきしみ、風が揺らす枝葉や草。雑多な音の中から、目的の音だけを選び探り出す。

そして。

「やっぱり聞こえる」

狂ったように疾走する馬車の車輪の音と、それを追いかける馬の蹄の音。

「誰か、襲われてる？」

数も状況も詳しくは分からない。かなりの速度が出ている事から、馬車は森を抜ける街道を進んでいるのだろう。そして、集団に続く音が聞こえないという事は、魔物に追われて集団で逃げている訳ではなく、逃げる馬車を馬に乗った一団が追い掛けていると思われる。

この場合一番考えられるのは。

「野盗（やとう）に襲われてる？」

放っておくという選択肢もある。気付かなければそれでもいいだろう。だが気付いてしまった。

気付いた以上、自分に出来る可能性があるのなら、やらないという選択肢はない。陸上でもこの世界に来てからでも、シリューはずっとそうして来た。

〝弱い者を傷つけるヤツは最低だ、それを見て見ぬ振りをするのもな〟

〝弱い者を助けて、手を差し伸べられる男になれ〟

いつかの院長の言葉が、僚の脳裏に蘇る。たとえ偽善だといわれてもいい。それで救えるものがあるなら。

「俺は、俺のやりたいようにやるさ」

ただ、困った事が一つ。音が遠すぎてはっきりした方向と距離が掴めないのだ。

「参った、闇雲に走ってもなあ……」

そう思った時。

【固有スキル、探査による探知・測距を行いスコープに表示します。対象を設定してください】

いきなりの新スキルに少し驚く。が、ぐずぐずしている暇は無い。

「対象は音の発信源、頼むぞ」

すると、視界の右上部に円形画面が表示され、その画面の左上に黄色い輝点が現れた。これは、自分の位置を中心として、探知した目標を鳥瞰的に表示する、レーダーのＰＰＩスコープそのままだ。

【前方十一時の方向に対象物。距離五・二八三キロメートル】

約五キロメートル、間に合うかどうかギリギリのところだろう。

「ヒスイ！」

真剣な顔で名前を呼ばれた事に、ヒスイはびくんと肩を震わせた。

「は、はい、です」

シリューに促され、ヒスイは胸のポケットに身を潜める。

「全力で走るから、ここに入ってて」

指先でヒスイの頭を撫でると、シリューは全力で目標に向かい走りだした。

「狭いけど、暫く我慢してくれ」

ポケットから顔だけ出したヒスイは、凄まじい勢いで流れて行く風景を眺めながら囁いた。

「真剣な顔のご主人様も……素敵なの……」

◇◇◇◇◇

「止まるなっ、走れ！」

豪奢な装飾の施された馬車の御者台で、必死に手綱を取りながら、騎士のクリスティーナは生き残った者たちに叫んだ。

「何としてもナディア様をお守りするのだ！」

油断があった訳ではない。だが、たかが野盗と侮ってはいなかったか？

野盗など我々の敵ではないと。

そんな思いがクリスティーナの頭を過る。

それは文字通り電撃的、と言える襲撃だった。

四台車列で進んでいた先頭の馬車が、突然攻撃を受けた。

護衛兵一個小隊二十人のうち十人が、ものの十数秒で命を落とした。

攻撃方法はおそらく、雷系の特殊技能による集中砲火。賊に魔物使いが混ざっているのだろう。

それ程広くない街道で先頭車両が止められた事により、続く三台も停止せざるを得なくなった。

四台目の馬車から、十人の護衛兵が素早く展開。だがこれは悪手だった。

雨のように降り注ぐ矢に隊列を乱された兵士たちは、その直後、左右の森から飛び出して来た野盗の集団によって、殆ど抵抗も出来ぬまま壊滅した。

事ここに至って、漸くクリスティーナは痛感する。

これは、ただの野盗の集団などではない。訓練され、軍隊並みに統率されたゲリラ兵団なのだと。

半年程前から、このエラールの森に凶悪な野盗団が出没するようになった。話は聞いていたし、注意喚起もされていた。その為に今回の任務では、一個小隊二十人の兵士と、クリスティーナを含む騎士六人を護衛として随行させたのだ。

数では、いや、戦力でもクリスティーナたちが上回っていた。

しかしそれは広い戦場において、軍同士が正面から対峙した場合である。今回のような見通しもきかず、十分な陣形もとれない森の中でのゲリラ戦では、数や戦力差はそれ程問題にならない。

倍の数の兵士がいたら……。

クリスティーナは他の騎士たちと共に、賊を切り伏せながら思った。だが、たとえそうであったとしても、戦況はさほど変わらなかっただろう。

問題は、想定外だった魔物使いだ。

「がっ」

「っは、ぐ」

二人の騎士が身体を激しく痙攣(けいれん)させながら倒れた。

一瞬、クリスティーナの目に映った雷光。

「やはり雷系、殺撃放電(エレクトロキューション)か」

だとすれば、敵の使う魔物はかなり上位のものだ。しかも一頭や二頭ではない。

クリスティーナを含め騎士たちは魔法防御力の高い、ミスリルの鎧を着けている。普通なら致死性のエレクトロキューションでも、一撃だけなら気を失う程度には耐えられる。

クリスティーナは倒れた騎士たちに目をやる。一緒に訓練を受け、一緒に戦ってきた仲間たち。

「すまない」

目を背け、仲間たちへの思いを振り払い命令を下す。

「撤退する！　騎乗！　騎乗！　ナディア様を守れ！」

心臓に矢を受け、絶命した御者を押しのけ御者台に座ったクリスティーナは、守るべき主人を乗せた馬車を即座に発進させる。

「がっ」

騎士の一人が走り出した馬から落ちて動かなくなった。

「星月夜(ほしづきよ)に輝く瞬刃(しゅんば)の火炎、緋色(ひいろ)に染まり、かの敵を貫く槍(やり)となれ、フレアランサー!!」

クリスティーナは行く手に立ち塞がる野盗に、炎の中級魔法を放つ。

僅か二十歳で騎士団第三隊の隊長に任命された彼女は、剣と槍以外に、魔法使いとしての才能にも恵まれていた。

「いくぞ！　続け！」

森を抜けるには、全力で馬車を走らせても一日は掛かる距離だ、それまで馬たちが持つ筈がない。

「くっ。快速の矢、瞬け、マジックアロー」

何度か道を塞ぐ野盗達を、魔法でやり過ごし馬車は疾走する。

どれ位走ったのか、時間の感覚も麻痺している。

クリスティーナが振り向くと、既に仲間の姿はなく、後方を追いすがる野盗達が見えるだけだった。

クリスティーナは俯き、ぐっと唇を噛みしめる。

「……私は……諦めないっ……たとえこの身が裂けても、任務を全うする……」

もとより命を惜しむつもりはない。

騎士として主に忠誠を誓った時、守るべき者の為に命を捧げる覚悟を決めた。

「そんなっ、行き止まりか!?」

クリスティーナは慌てて手綱を引き、馬車を止めた。

街道を走っていた筈が、いつの間にかこの開けた場所に誘導されていたらしい。行く手には木が生い茂り、道は消えていた。

万事休すだ。

クリスティーナは馬車を降り、追ってくる野盗達に向き合い剣を抜いた。

「ナディア様、私が戦端を開きます。その隙にお逃げください。どうかご無事で」

それは最早、単なる望みであった。

事ここに及んで、生き残る術がある筈もない。

いや、女である以上、戦って死んだ方が苦しみは少なくて済むのかもしれない。

「私も……ナディア様も……」

だが、クリスティーナは首を振り、その考えを切り捨てる。

「私は絶望なんてしないぞ」

こうなったら、一人でも多く道連れにしてやろう。

「こい！　下郎ども!!　闘志の炎、十六夜のっ、かはっ」

クリスティーナの思いは、誰にも届かなかった。

呪文を唱えようとした彼女を遮ったのは、見えない位置からのエレクトロキューション。

「あ、くっ」

だが彼女は倒れない。

膝をつき、剣を杖代わりに身体を支え、近づいてくる男をねめつける。

「ほう、女か。こりゃあ思わぬ収穫だぜ」

馬を降り剣を抜いた男は、その凶暴な顔をいやらしく歪める。

「クリス！」

クリスティーナはその声に目を見開き動揺する。

ナディアが事もあろうか、駆け寄ってきたのだ。

「い、いけませんナディア、様……は、はや、く、お逃げくだ、さい」

ナディアは、そっとクリスティーナの肩を抱き首を振った。

「貴方はよくやってくれました。もういいのです……ね」

ナディアの目線はそっとクリスティーナの剣へと移る。

クリスティーナは理解した。

それは主の望み、そして最後の命令。

ゆっくりと頷いたクリスティーナは、剣を握る手に力を籠める。

「おいおい、そうはさせねえぜ！」

男が、二人の意図に気付き走りだす。

その時。

凄まじい轟音と共に焼け付くような熱風が、クリスティーナとナディアの頬を薙いだ。

クリスティーナは目を開きゆっくりと顔を上げる。

そして、しっかりと自覚した。それが、今この状況を、迫りくる運命の全てを覆す、力そのものだという事を。

クリスティーナの思いは、届いていたのだ。

今そこに立つ、その人に。

彼女の目の前には、燃え上がる炎を背に、涼やかな笑みを浮かべた少年が立っていた。

「間に合って良かった」

少年は絶望と希望とを隔てた、その炎に向かって飛び込んでいった。

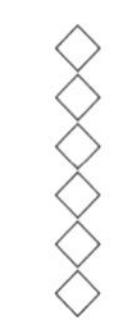

間に合うかどうかギリギリの所だった。

馬車を見つけた時、シリューの日に飛び込んできたのは、剣を手にした男が、馬車の横で蹲る二人へ近づいて行く光景だった。

どちらを倒すべきかは一瞬で判断がつく。だが、走っても間に合わない。

魔法は、駄目だ。今の命中精度では、助けるべき相手も巻き込む恐れがあるし、たとえ相手が野盗とはいえ人を殺す覚悟はない。

そう思った時、またしても、セクレタリーインターフェイスのガイドが表示された。

【ターゲットスコープ（光像照準システム）を起動します。目標の座標をセットして下さい】

考えている暇はない。シリューは蹲る二人と、剣を持つ男の間に赤いマークを視線で移動する。

【ロックオン、魔法発動可】

「いけぇぇぇ！　フレアバレット！」

バランスボール大に調整した炎が、寸分違(たが)わず目標の位置に着弾し、一気に人の背丈の三倍以上の火柱を上げる。

剣を持った男は、炎の勢いに押され後ずさる。

「なっ、魔法使いかっ、何処だ！」

「ここだよ」

声と同時に、燃え盛る炎の中から影が飛び出し、男を打ち据える。男は何が起きたか理解できぬまま吹き飛ばされ、地面に叩きつけられた。

「何だっ」

「誰だてめえ！」

野盗の仲間達は次々と馬を降りて剣を構える。数は十二人。

吹き飛ばされた男も、起き上がりその列に加わった。殺さない程度に加減したのだが、少し力を抜き過ぎたようだ。

「今ので一人は潰しておきたかったんだけどな……」

シリューの呟きは、野盗達には聞こえなかった。

「お前、誰だ」

先程シリューが殴り飛ばした男が口を開く。どうやらこの男が一団のリーダーらしい。

「正義の味方、ってとこかな」

野盗達から一斉に笑い声が上がった。

「正義の……ぷぷっ」

「こいつ、馬鹿じゃねえのか」

「腹いてぇ～～。笑わせんなよ」

「てめえの方がよっぽど悪人ヅラじゃねえか」

「顔は、関係ないだろ」

シリューは四人目の男の言葉に眉をひそめる。聞き捨てならない。

悪人に悪人顔呼ばわりは、到底納得できるものではなかった。

リーダーの男が歩み出る。

「大方馬車の中に、もう一人護衛が潜んでやがったんだろ。だがミスったな？　さっきの魔法の隙に逃げ出してりゃあ、生き残る事もできたろうに」

男はニヤニヤと下卑た笑い浮かべる。自分達が圧倒的有利な立場にいると確信しているのだろう。

「だな、お前たちが」

シリューは右の口角を上げて笑った。あからさまに相手を挑発する態度だ。

「ちっ。口の減らねえガキだな、殺せ」

リーダーの男は手下たちに顎でしゃくり指示した。

野盗達は剣を振り上げ一斉に襲い掛かる。

だが遅い。

ポリポッドマンティスやハンタースパイダーに比べれば、まるでスローモーションだ。

シリューは正面の男が剣を振り下ろす前に懐に入り、鳩尾(みぞおち)に掌底突き(しょうていづき)を打つ。さっきよりほんの少し力を入れるように。

男の足が衝撃で宙に浮く。一人目。素早く切り返し右の男を蹴り飛ばす。二人目。

男が飛んでいく先にいるもう一人の脇腹へ、左フック。三人目。身体を回転させ、右脚で思い切り踏み切る。

今度は左へ。

僅か一歩で間合いを詰め、右の縦拳を放つ。これで四人。勢いをそのままに五人目を体当たりで弾き飛ばす。

そして、一人目の男が地面に転がった時、シリューは初めに立っていた位置に戻り、大きく息をついた。

全ては一瞬。

リーダーの男は、たった今起きた出来事に目を剥(む)く。

「なっ、何だ、今のは……」

男の目には、ただ影が流れたようにしか見えなかった。

「ザルツの旦那、どうします」

リーダーの隣に立った男が、目に明らかな怯えを映して聞いた。ザルツは冒険者崩れで粗暴な男ではあったが、決して無謀でも馬鹿でもなかった。今、目の前で涼し気な笑みを浮かべているこの少年が、自分達より遥かに強い事を認められるくらいには。

「お前、魔法使いじゃなかったのか」

「あれ？　正義の味方って言わなかったっけ」

シリューはわざと惚けて見せた。

「さてと、で、どうする？　大人しく捕まるか、それとも……」

一旦言葉を切り、シリューは倒れて気を失っている男達を見渡す。

「こいつらと並んで昼寝するか、好きな方を選んでいいよ」

「ほう、顔に似合わず随分とお優しいじゃねえか」

「だから、顔は関係ないだろ」

一瞬湧き上がった殺意を堪え、シリューはじっと男を見据える。

ザルツは剣を鞘に納めると、指を咥え口笛を鳴らした。

「けどな、悪いが俺達はどっちも選ばねえよ」

そう言って右腕を高く掲げ、人差し指を立てた。

そして、ゆっくりと腕を下ろし指をシリューに向ける。

妙に芝居がかったその行動に、シリューは眉をひそめた。

「さあ！　エサの時間だぜぇ！」

ザルツが叫んだ瞬間、唸りを上げて迫る灰色の影がシリューに襲い掛かった
クリスティーナは驚愕した。

目の前で起こった信じられないような出来事に。

魔法による炎が消えた時、少年は剣を構えた野盗達と、武器も持たずに対峙していた。

そして、瞬きをする程の僅かな間に、五人の男達が宙を舞った。

何が起こったのか、少年が何をしたのか、騎士であるクリスティーナでさえはっきりとは分からなかった。

だが、クリスティーナが本当に驚くのはこれからだった。

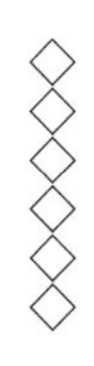

「ぐっ！」
シリューは咄嗟に腕で顔を覆い、辛うじて頭への直撃をガードしたが、それでも軽く十メールは吹き飛ばされる。
完全に不意を衝かれた。
いやそれこそ、ザルツと呼ばれた男の狙いだったのだろう。男の芝居がかった仕草に気を取られ、周囲への警戒を怠ってしまった。

「な、なんだ⁉」

地面を二回三回と転がった後、半身を起こしシリューは襲ってきた相手を見据える。

灰色の体毛に黒い斑点、猫科の猛獣を思わせる姿。頭に二本の縦に並んだ角を持ち、大きさはフォレストウルフの倍以上あり成牛並みだ。

「グ、グロムレパードっ」

クリスティーナは声を震わせ呟いた。

自分達を壊滅に追いやった魔物。それがよもやグロムレパードだったとは。

単体でもブルートベアより上位のE級。一体につき最低その三倍の人数で対処すべき魔物、それが群れをなしている。

「くははは、お前の相手はこいつらだ！」

ザルツが高々に叫ぶ。

周りはいつの間にかグロムレパードだらけ、二十頭はいるだろう。

先程シリューを襲った個体が、未だ立ち上がっていない獲物に止めを刺そうと地を蹴る。

ハンタースパイダーを上回る速さ。

一瞬で間合いが詰まる。

グロムレパードは人の頭程もある鉤爪の生えた前脚を、雷光の如く振り下ろす。

人の身体など粉砕してしまう程の一撃。

だがシリューは体勢の整わないまま、左腕一本で受け止めて見せた。

「悪いな、そう何度も喰らってやれないんだ」

渾身の力で、グロムレパードの顎に右アッパーを放つ。

下顎もろとも、頭の殆どが吹き飛ぶ。

知覚もないまま、一瞬のうちに命を刈り取られたグロムレパードは、どさりと崩れ落ちる。

「それに、魔物相手なら手加減は必要ないしな」

シリューは立ち上がり、取り囲んだグロムレパードたちをねめつけた。

「ヒスイ」

「はい、なの」

ヒスイがぴょこりとポケットから顔を出す。

「姿消しを使って、空の高い所に逃げておいて」

負ける気はしないが、ヒスイに気を遣う余裕まではないだろう。

「はい、です。ご主人様。気を付けてなの、です」

相変わらずの変な敬語で、ヒスイは姿を消し、すうっとポケットから抜け出した。

同時に、一頭のグロムレパードが、牙を剥いてシリューに迫る。

シリューは土煙を上げ駆け出す。

危険を察知したグロムレパードは淀みない動きで右へ。シリューはすかさず追随し、左前脚の付け根を狙い貫手を打ち込む。皮膚を裂き、肉を抉り、心臓を穿つ。

「ゴアァァアッ」

断末魔を上げて倒れるグロムレパード。

シリューは半ばまで埋まった腕を抜き、血を払う。

「きゃああ！」

叫び声に振り返ると、二人の女性に向かって一頭のグロムレパードが飛び掛かろうとしていた。

【ロックオン　魔法発動可】

「マジックアロー!!」

轟音を上げて飛翔する透明な鏃が、グロムレパードを撃ち落とす。

「大丈夫ですか？」

シリューは二人を背後に庇う位置を取り、振り向いて声を掛けた。

「は、はい、な、何とか」

ナディアがクリスティーナの肩を抱いたまま応えた。

「数が多いな……」

シリューが呟いた通り、グロムレパードの数は残り十七頭。しかも、三頭が瞬く間に倒された事で警戒を強め、今はあからさまに距離を取っている。こちらから動けば、その隙に後ろの二人を襲うだろう。

グロムレパードを倒せたとしても、それでは本末転倒だ。

「くらえ！」

一頭にロックオンし、マジックアローを放つ。

「な、躱した？」

だが、音速で迫る鏃をグロムレパードは事も無げに躱してみせた。

「これならどうだ！」

今度は、十数発を立て続けに撃つ。応援の太鼓の様に、周期的な発射音が響く。

しかしグロムレパード達は、右に左にとしなやかな動作で躱してゆく。

「って、見えてるのかっ」

見えているとして、そう簡単に躱せるものなのか。いくらグロムレパードが早いと言っても、音速を超えるようなスピードで動いている訳ではない。

そんな事を考えている時、何頭かのグロムレパードに変化が起こる。それはほんの一瞬だったが、シリューの目がはっきりと捉えた。

グロムレパードの頭にある二本の角が光った。

次の瞬間。

全身を壁に叩きつけられたような、激しい痛みと痙攣が襲う。

「かっ、はっ」

声を出す事もできない。それどころか呼吸もままならない。

〝ヤバい〟

さっきグロムレパードの角が光った事が関係しているのだろう。

恐らく魔法か特殊技能。

〝それにしても……〟

【エレクトロキューションによる感電をレジストしました】

【特殊技能、エレクトロキューションを獲得しました】

「おっそいよ！」

漸く痛みと痙攣から解放されたシリューは、大きく息を吸ってあたかも目の前にいるかのように、セクレタリーインターフェイスにツッコんだ。

「何で、痛いとか苦しいとかはレジストに時間がかかるんだよっ」

【攻撃の特性と種類、及び身体に対する影響の分析に僅かに時間が必要となります】

「あ、そう。時間がね。結果出る前に死なきゃいいけど」

【心配は不要です。ギリギリで間に合います】

言い切られた。

「いやギリギリかい……」

呟いた自分の言葉に何かが引っ掛かった。

「ん？　ギリギリ？　えっと……」

その時、再びグロムレパードの角が光るのが見えた。

シリューは咄嗟に横に跳んだ。　瞬遅れて、青白い幾つもの光の筋が、シリューの居た場所に降り注ぐ。一本一本が致死性の放電現象。

「避けて良かった。耐えられるけど痛いのは、うん、無しだな。それに……」

僚の脳裏にある考えが閃く。


【ロックオン、魔法発動可】


「マジックアロー!!」

刹那、頭上に光が輝きマジックアローが放たれる。

そしてまさに、その光が現れた瞬間、グロムレパードが動いた。

シリューがエレクトロキューションを避けた時と全く同じだ。

〝つまり、魔法も特殊技能も、発動前に必ず前触れが起こるってわけだ。要は、その前触れが見えた瞬間に動けば、躱すのはそれ程難しくないって事か〟

「あとは、それを見極める目に、実行出来る反射速度とスピードか……さてと、どうするかな……」

魔法を使ったところで、状況は変わらない。イチかバチかで特攻を掛けても、助けるべき相手が死んでは元も子もない。

「待てよ、魔法を滅茶苦茶に撃って、その隙に……いや駄目だ、牽制は意味ないな……くそ、せっかくロックオン出来るんだ、ミサイルみたいに飛んでくれれば……」

そして、またしても突然。

【マジックアローに自動追尾機能が追加されました。ホーミングアローに変化します】

「なに、それ?」

【発射後に目標を追尾・撃破します】

「いや、分かるけど、そうじゃなくて……うん、まあいいや」

じわりじわりと包囲網を縮めるグロムレパード。

そのうちの一頭に狙いを定めロックオン。

「いくぞ!　ホーミングアロー!!」

マジックアローより若干遅い速度で、魔法の鏃が飛翔する。

目標のグロムレパードは余裕でこれを避ける。が、鏃はそこから角度を変え、一度は避けたグロムレパードを捉えた。

「つぎっ！」

二発目のホーミングアローが、正確に敵を補足・撃破する。

「いけぇぇ、つ……」

グロムレパードが一斉に動いた。次々と角を光らせる。

「まずいっ」

シリューは反転し背後に庇った二人の傍らに立つ。

「伏せて！」

二人は言われた通り地面に蹲る。

そこへ、一斉に放たれたエレクトロキューションが降り注ぐ。

「ぐっ」

右手を高く掲げ、避雷針の様に全ての放電を受ける。

痛い。ものすごく痛い。だがそれだけだった。今度は、身体が痙攣する事は無かった。

「いったいけどっ」

シリューは、グロムレパードの学習能力の高さに驚く。

これではここから動く事ができない。

しかし、ホーミングアローで一頭ずつ倒していては間に合わない。

グロムレパード達は何頭かが犠牲になっても、確実にシリューたちを殺す方法を選んだ。

それは普通では考えられない行動だった。おそらくは魔物使いによって、強力な支配を受けているのだろう。

「くっそ、やられてたまるか！」

【ターゲットスコープ（光学照準システム）がストライク・アイ（統合目標指定システム）に変化しました。複数のターゲットを同時にロックオンする事が可能です】

「え？」

またしてもスキルの変化だ。

最早、驚きも超音速で通り過ぎて行く。

ただ、呆けている暇はない。

【ストライクアイ、起動】

視界に映る全てのグロムレパードに赤いマーカーが表示される。視界に入り切らないものはＰＰＩスコープ上でマーキングされた。

【ターゲットロックオン、マルチブロー（同時複数発射）での魔法発動可】


迷っている場合でもない。

シリューは即座に魔法を発動させた。

「いっけえええ！　マルチブローホーミング!!」

一斉に放たれた十五の魔法の鏃がミサイルの様な軌跡を描き、それぞれ捉えた獲物をほぼ同時に屠ってゆく。

後に残ったものは静寂。

倒れた五人の男。

蹲る二人の女性。

二十体の物言わぬ魔物。

そして、ただ一人風に吹かれた髪を揺らし立ちすくむ少年。

「ここまで来ると、戦闘機かイージス艦ってとこだな……俺ってホントに人間？　だよね……」

シリューは、自分でも信じられない光景に、茫然と佇むしかなかった。

血の匂いを漂わせ、森の木々を縫い静かに風が吹きぬけていった。

「あ、あ……」

クリスティーナもナディアも地面に膝をついたまま、ただ茫然とするばかりだった。

五人の男達を一瞬のうちに打ち倒したその動き。

剣と槍を極め、騎士団で三本の指に入る程の腕を持つクリスティーナにも、はっきりと捉える事はかなわなかった。

その上あの魔法だ。

マジックアローと思われるが、威力は常識外。しかも、避けた相手を追尾するなど見た事も聞いた事もない。

更には十五頭ものグロムレパードを瞬殺。

「い、意味が分からない……」

最悪の事態は避けられた、それはクリスティーナにも理解できる。

だが今ここで起こった事は、最早クリスティーナの常識の範疇(はんちゅう)を超えていた。

「あの、大丈夫ですか？」

シリューが首を捻りながら、固まったままの二人に声を掛ける。

先に立ち上がったのは、ドレス姿の女の子の方だった。

「あっはいっ、大丈夫ですっ、お陰でたしゅかっ、助かりました」

……噛んだ。

シリューは聞こえなかった振りをしたが、女の子は顔を真っ赤にして俯いた。

金髪に丸く大きな目、小柄だが出るところは出て引っ込むところは引っ込んでいる。歳は十五くらいだろうか。

余程恥ずかしかったのだろう、しばらく下を向いていた彼女は、思い出したように顔を上げシリューを見つめた。

「も、申し遅れました。私はナディア・ロランス・アントワーヌ。この度は危ないところをお助け頂き、誠にありがとうございます」

ナディアは片足を斜め後ろの内側に引き、もう片方の膝を軽く曲げるカーテシーで挨拶をする。

その優雅な所作と名乗った家名から、何処かの貴族の子女だという事が窺えた。

「私は……つっ……」

赤いくせ毛の髪を揺らし、無理やり立ち上がろうとしたクリスティーナが、整った顔を歪め膝をつく。

「あの、無理しないほうが……」

シリューが手で制すが、それでもクリスティーナは立とうとする。

「いや、主の恩人を前に……座ってなど……」

騎士としての矜持(きょうじ)なのだろうが、傷ついた者を立たせるのはシリューの望むところではない。

「気にしないで、ってか、俺が気にします。ですからそのままで」

ナディアがクリスティーナの肩にそっと手を添える。

「さあクリス、この方もそうおっしゃっていますね」

「は、はい……」

クリスティーナは腰を下ろし居住まいを正した。

「こんな姿で申し訳ない。私はクリスティーナ・アミィーレ・フェルトン。貴殿のご助力に感謝する」

「俺はシリュー・アスカ。間に合って良かったです」

クリスティーナとナディアは、シリューの笑顔に思わず引き込まれてしまう。

先ほどまでの、野党たちと対峙した時の厳しい表情とはうってかわり、切れ長の目を穏やかに細め、そよぐ風を受けるように涼やかにほほ笑む。

二人の脳裏に、あの絶望の時、凪の様に現れ炎を背に立つ姿が浮かび、目の前の少年の姿へと重なってゆく。

「正義の……味方……」

二人が同時に呟く。

「いや、改めて言われると恥ずかしいからやめて、あ、やめてください……」

あの時はついついノリで啖呵を切ったが、今思うとそれ程カッコよくはない。明らかに黒歴史になりそうだった。

「ご主人さまぁぁ」

姿消しを使い上空に隠れていたヒスイが、透明の羽をぱたぱたと羽ばたかせシリューの前に飛んできた。

随分と興奮している様子だ。

「すごいのっ、すごいの、ご主人さまぁ！　こんなの初めてぇ！」

「うん、ヒスイ。誤解を与える言い方はやめようか。」

何が琴線に触れたのか、ヒスイはきらきらと星を振りまく様に飛び回る。前にも一度披露してみせたが、どうやら嬉しさを表現するダンスみたいなものらしい。

クリスティーナとナディアが目を丸くして固まった。

「そ、その子、ピクシー、ですか？」

二人が驚くのも無理はない。用心深いピクシーが、人前に姿を見せる事は稀だ。ましてやこれ程人に懐くなど、クリスティーナもナディアも聞いたことがなかった。

「彼女はヒスイ。昨日知り合ったばかりですけど」

ヒスイはシリューの肩に座り、ちょこんと首を傾げた。

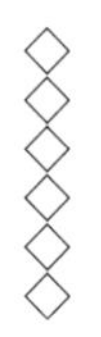

それから夕方までかかって、襲撃現場の処理に当たった。
シリューが倒した野盗の五人は、全員が心臓を刺され息絶えていた。口封じの為に殺されたのは明らかで、身元を確認出来る物も所持していなかった。
身に着けた装備から単なる野盗ではなく、元はそこそこのクラスの冒険者だったとクリスティーナは推測した。
それから、生存者は女性騎士一名、男性騎士が二名、護衛兵五名、御者二名の計十名。それにナディアとクリスティーナの合わせて十二名だった。

ナディア以外いずれも重傷だったが、回復薬（ポーション）と女性騎士の治癒魔法で今は動けるまでに快復している。

馬車は最初に襲撃を受けたもの以外は無事で、荷物も殆ど手付かずで残されていた。これはシリューが、グロムレパードを瞬く間に殲滅（せんめつ）したお陰で、荷物を運び出す時間が無かった為だろう。

一台の馬車に兵士たちの亡骸（なきがら）を乗せ、クリスティーナが氷結の魔法で凍らせてゆく。

その光景を見て、シリューはどうにもいたたまれなくなり、思わず目を背けた。

余程（よほど）酷い顔をしていたのだろう。クリスティーナが心配そうにシリューの顔を覗き込んだ。

「どうかされたか？　顔色が良くないようだが」

「あ、いえ……ただ、俺がもう少し早く……」

人の死に立ち会った事はあるが、これ程多くの死者を見るのは初めての事だ。

「貴殿が気に病む事はない、皆覚悟を持って任務に当たっていた。そもそも貴殿が来てくれなければ、間違いなく全滅していたんだ。本当に感謝している、ありがとう」

クリスティーナはそう言って深々と頭を下げた。

「あ、いえ……はい」

女性に改まって挨拶や感謝されると、僚はどう返していいのか分からず必要以上に焦ってしまう。

身体能力が強化されても、そういうメンタルは元のままのようだ。

「……でも偶々通りかかっただけですから、気にしないで下さい。……じゃ、俺は魔物を回収してきます。いいんですよね？」

「勿論。全て貴殿が倒したんだ。貴殿にはその権利がある」

クリスティーナはそこでふと疑問に思った。

「でも、どうやって？」

大きさが成牛並みのグロムレパードは、四百キログラム以上の重さがある。それを二十頭、合わせて八トン以上になるのだ。

「えっと、マジックボックス？　かな」

シリューは誤魔化すように笑って、その場を離れた。

そのあと。

「いや、いやいやいやっ。おかしいだろうっ」

クリスティーナは、目の前で行われる信じられない光景に、半ばパニックに陥っていた。

原因は勿論シリューだ。

二十頭ものグロムレパードをどう回収するのか、状況を考えれば魔核（コア）だけを抜き取り、マジックボックスに収納するのが現実的なところだろう。

素材にしても、馬車の空いたスペースに幾らかは積む事が出来る。恩人に対して、それくらいはするつもりでいた。

ところが、である。

一頭目。丸ごと収納してしまった。およそ四百キログラムだ。

「ほう、随分容量のあるマジックボックスだな」

空間魔法の使い手は少なくないが、四百キログラムの容量となるとかなり重宝される。

二頭目。

「八百キログラム、すごいな……」

この容量となると、国中探しても十人といないだろう。

三頭目。

「ち、ちょっと待て、一トン超えたぞっ、どうなってる？」

四頭目。

「おい……」

五頭目、続けて六頭目。

「おいおいおい」

粛々と回収作業を進めてゆくシリュー。そして十頭。

「……ねえクリス……私はおかしくなったのでしょうか。それとも夢でも見ているのでしょうか……」

いつの間にかナディアが、クリスティーナの隣でぽかんと口を開いて立っていた。

「大丈夫です……私も同じものが見えています……」

更に回収は続き、遂には二十頭全てが収納されてしまった。

「いやっ、いやいやいやいやっ。おかしいだろうっ、いやいや絶対おかしいっ。絶対……ぜったい……あは、あははは……」

パニックの後、茫然となるクリスティーナ。

「……現実を受け止めましょう、クリス……うふっ」

だが、ナディアの目は虚ろで焦点が合っていない。

「ど、どうしたんですか二人とも、大丈夫ですか?」

回収を終えて戻って来たシリューは、まるで蝋人形のように固まるナディアとクリスティーナの顔を訝し気に覗き込んだ。

自分が原因だとは、少しも思っていないようだ。

「どうしたもこうしたもっ。き、貴殿のマジックボックスは一体どうなっているんだっ」

未だ状況に対応しきれていないクリスティーナが、シリューに詰め寄る。

「あの、く、クリスティーナさん、近いですっ」

シリューにそう言われて、クリスティーナはハッと我に返った。

身長はほぼ同じ位のシリューの顔が、それこそ息も掛かる程近くにあったのだ。しかも迫って行ったのは自分から……。

「大胆です……クリス……」

隣でポツリとナディアが呟く。

「ち、ちがっ、違わないけど、そうではなくてっ」

クリスティーナは顔を真っ赤にして、ぷるぷると首を振った。

「クリス、かわいい」

「ナディアさまっ、からかわないで下さいっ」

クリスティーナの顔が更に赤くなる。

きっと主従関係よりももっと深い繋がりがあるのだろう。二人のやり取りを見てシリューはそう思った。

「ですが、私も知りたいですねシリュー殿?」

ナディアが頬に指を当て小首を傾げる。

「えっと、どういう事でしょう?」

「容量の事だよ。一トンを超えるマジックボックスなど聞いた事がないっ」

クリスティーナがほんのりと赤味の残る顔で腕を組んだ。

「え? マジックボックスって容量に限界があるんですか?」

「え、え?」

ナディアとクリスティーナの二人は目を丸くする。

「え?」

「いや、何故君が疑問形なんだ」

すかさずクリスティーナがツッコむ。

「普通なら、多くても数百キロといったところなのですが……まさか、その、無制限……?」

「あ、じゃあ、これで限界でいいです」

「えええええっ!?」

ナディアとクリスティーナ、二人の声が重なる。

「今、じゃあ、って言ったっ⁉　何そのあからさまな誤魔化し方っ」

クリスティーナが再び、興奮気味にシリューに詰め寄る。

「く、クリスティーナさん、話し方変わってません？　あと顔、近いですって」

「そ・ん・な・こ・と・よ・りっ！　あの体術とっ、あの魔法とっ。それからマジックボックスっ！　あと、エレクトロキューションを何発も受けて平気なところとか！　君は一体何者っ？」

今日、クリスティーナの中で色んな常識が崩壊した。

「ひゃっ」

更に詰め寄ろうとしたクリスティーナは、足元の木の枝につまづきよろけてしまう。

シリューは、クリスティーナ支えようと伸ばしかけた手を、一瞬躊躇して止めた。

今、クリスティーナは鎧を着けていない。

触れてはいけないものが、そこに迫っていたからだ。

その結果。

ぽふんっ。

シリューの胸の辺りに、はっきりと柔らかい感覚。

クリスティーナの赤い髪が、シリューの頬をくすぐる。

ほぼ密着状態で、傍からみれば完全に抱き合っているようにしか見えない。

「あ、あの、クリスティーナさんっ」

「あああああ、あのっ、こ、これけっ、そのっ、ご、ごめんなさいいぃっ！」

クリスティーナは慌てて突き飛ばすように、シリューから離れる。

「い、いえ、俺の方こそ、すみませんっ」

何故かシリューも謝っていた。

いつもは比較的冷静なシリューだが、こういう事態には免疫がない。

「きっ、気にしないでっ！　いや気にしてっ、じゃなくて、あああ、失礼しゅるっ」

噛んだ。

「はい、あのっ、えっと」

対するシリューも茹蛸のように赤くなっている。

頬を真っ赤に染めたクリスティーナは、両腕で自分を抱きしめ踵を返すと、逃げるようにその場を去って行った。

「クリスったら、意外に純情なんですから……。完全に素が出ていましたね」

クリスティーナの後ろ姿を見送り、ナディアが穏やかな声で言った。

「それにシリュー殿？」

「え？」

ナディアはいたずらっぽい笑みを浮かべた。

「あそこは謝るのではなく、むしろお礼を言うべきでは？」

「おっさんかっ」

シリューは思わずツッコミを入れた。

どうも、このナディアという女性の性格が掴めない。

「冗談ですっ♪」

だがシリューの目にははっきりと映っていた。

「ってかあの木の枝……ナディアさん、凄いタイミングで蹴りましたよね……」

「冗談ですっ♪」

シリューが横目に見ると、ナディアはしてやったりという顔でころころと笑った。

「ときに、シリュー殿？　話は変わりますが……」

「は、はい。なんでしょう」

振り向いて笑顔を見せるナディアに、シリューは少しだけ後ずさる。

「そんなに警戒しなくても、もう聞きませんよ。話したく、ないのでしょう？」

「……ええ、まあ」

相手は明らかに貴族である。しかも連れている護衛の数から、かなり高位の爵位だと思われる。

そうであれば、意図しないところでエルレイン王家や、勇者との繋がりがないとは言い切れない。

一応、警戒しておくべきだと、シリューは思った。

「それよりも、シリュー殿にお願いがあるのですが」

「それは……俺にできる事なら」

ナディアはきちんと向き直り、真面目な表情を見せる。

「シリュー殿はこれからどうされるのですか？」

「えっと、実はまだ何も考えてません。てか、ここが一体何処なのかも分からないんです」

ここはエラールの森。その名前だけはヒスイから聞いていたが、どこの国にあるのかまでは分かっていなかった。

「森の中で迷われたのですか？　そんな風には見えませんけど……」

ナディアは小首を傾げた。

堂々とした立ち振る舞い、さっぱりと身綺麗ないでたち、服装はたった今の戦闘の汚れがあるだけ。

「迷ったと言うか、気付いたらこの森にいたんです」

シリューは自分自身の事を、差しさわりのない程度に話す事にした。

「もしかして、シリュー殿は、『森の扉』を通ったのですかっ？」

ナディアは両手を口に当て、驚きと好奇心に溢れた表情を浮かべる。

『森の扉』

ヒスイが巻き込まれこの森に飛ばされた、大きな森の中で極々稀に起こる魔力現象で、遠く離れた別々の森を結ぶトンネル。

シリューは、ヒスイが説明してくれた内容を思い返してみた。

――原理は分からないが森の中にその入口が突如として現れ、付近にいるものを大きさに関係なく飲み込む。飲み込まれたものは、遠く離れた別の森の出口から吐き出される。トンネルは一方通行で出口から入る事は出来ず、生物を飲み込んだ瞬間に消えてしまう。前兆も予兆も無く予測もできない為、遭遇した場合まず逃れられない。

「……よく分かりません……ただ、俺はほかの場所にいて……いきなり光に飲み込まれて、流されるような感覚があって、その光が消えたらこの森の中に立っていたんです」

多少脚色と端折ってはいるが、嘘は言っていない。要は、召喚の時と、龍脈に流された時を組み合わせただけだ。

「それこそ森の扉に間違いないと思います。……因みに、シリュー殿は何処にいたのですか？」

シリューはどう答えるか一瞬迷った。エルレインも日本も、下手をすると身元を特定されかねない。

「俺は、……アルヤバーンという国に居ました」

これも嘘ではない。

偶々知っていただけだが、アルヤバーンはアラビア語で日本。これなら勇者たちに気付かれる可能性は低いだろう。

「アルヤ……バーン、ですか？　ごめんなさい、聞いた事がありません」

右手を顎に添え、ナディアは申し訳なさそうに首を小さく振った。

「ですが、大陸を隔てる山脈と、広大な砂漠や平原を越えた東の果てに、貴方と同じような面立ちで、黒い瞳の人々が住む国があると言われています。シリュー殿はそれ程遠くから……」

「じゃあここは、俺の居た国からかなり西の方なんですね」

「…はい。ここはアルフォロメイ王国にあるエラールの森です」

ナディアは静かに目を伏せて頷く。

アルフォロメイ王国。

エルレイン王国、ビクトリアス皇国と並ぶ、勇者の血を受け継ぐ三大王家の一つだ。

今回の勇者召喚に、アルフォロメイがどの程度関わっているのか、それとも関わっていないのか、シリューには判断ができなかった。

「あの、それより、頼みって言うのは？」

「そ、そうでした。私たちは今日はここで野営します。お急ぎでなければ、シリュー殿も御一緒にどうですか？　幸い荷物も殆ど手付かずで残されていましたし、御馳走とはいきませんがお腹を満たす事はできますよ」

そう言われてシリューは、昨日から水さえ口にしていない事に初めて気付いた。

あれだけ動いて歩いて、走って、その上戦闘までこなしたというのに、全く疲れも無く、空腹も喉の渇きも感じていなかった。

身体が超強化されて、少ないエネルギー消費で済むようになったのか、それとも単にその辺りの感覚が鈍くなったのか……。

「ありがとうございます。じゃあ遠慮なく」

ナディアが笑顔で頷く。

「それから、もう一つ。私たちはエラールの森を抜け、その先のレグノスという都市に向かいます。

それでそこまでの道中、シリュー殿に護衛をお願いできないかと……」

「護衛、ですか?」

「はい。勿論今回助けて頂いた分とは別に、報酬をお支払いします。どうか、受けてくださいませんか」

ナディアはじっとシリューの目を見つめる。その透き通った青い瞳には、思いつめたような光が宿っていた。

「……これ以上私の為に犠牲を出したくないのです……。私の身を捧げろと言うなら、それでも構いません。ですから……」

本当に掴めない人だな、とシリューは思った。同時に憎めない人だとも。

「分かりました、いいですよ。俺も一文無しなんで助かります」

シリューの返答を聞いて、ナディアの顔に安堵の表情が浮かぶ。

「良かった……断られたらどうしようかと思っていました」

ナディアは足元に置いてあったハンドバッグを、少し重そうに手に取りシリューに差し出した。

「えっ?」

何気なく受け取ったシリューは、その意外な重さに驚く。

「千ディール金貨で百枚、十万ディール入っています。少なくて申し訳ないのですが、何分今は旅の折、持ち合わせがそれだけしか……」

「えっ、ちょっと、十万ディールって、ほ、本気ですかっ?」

シリューの顔からさぁっと血の気が引く。

「や、やはり少ないですかっ！　足りない分は後程必ず……」

「いやっ、待って待って！　十万ディールなんて大金っ、受け取れません！」

一ディールは、日本の価値に置き換えると約三百円程度、十万ディールはつまり三千万円。高校生のシリューには想像もできない大金だ。

それを、少ないと言い切る感覚。

最早、別次元だ。

「いえ、助けて頂いた代償としては少ないかもしれませんが、受け取って下さいっ！」

「いや、だから受け取れません！」

「いいえ。受け取って貰えなければ、アントワーヌ家の名折れ。私が困りますっ」

「いや、それじゃあ、俺が困りますっ」

二人とも、もう殆ど意地になっていた。

「……」

「……」

お互い顔を見合わせて押し黙る。

「ぷっ」

ナディアはたまらず噴き出した。

「なぜそんなに頑なになるのです？」

「え……？」

言われてみればそうだ。相手はシリューの様な庶民ではない。十万ディールを少ないと言ってのける程の財力を持った貴族だ。

「シリュー殿の事情を考えれば、お金は幾らあっても邪魔にはならない筈ですよ。ね」

「まあ、確かに……。でもグロムレパードを売れば幾らかにはなるだろうし、やっぱり多すぎない、ですか？」

「幾らかに……？」

「はい、幸い魔核も残ってたし、素材も結構採れるし……」

ナディアは顔を伏せ、シリューからは見えないように笑った。

「そうだとしても、それは受け取って下さい。私の、私たちの気持ちです」

お辞儀をしながら両手を突き出し、ハンドバッグをシリューに押し付けた後、ナディアはひらり、とスカートを翻しそのまま走り去っていった。

「ま、有難く受け取っとくか……ね、ヒスイ」

「はい、なの。ニンゲンにはお金が大事なの、です」

それまでふわふわ周りを飛んでいたヒスイが、シリューの肩に降りて頷いた。

エラールの森には、幾つもの小高い丘や山が散在している。
巨木に覆われたそれらを森の外から望む事はできず、それにより広大な規模の森の中で正確な数

や位置を特定するのは極めて難しかった。その山々の一つに、珍しくもない洞窟が口を開けていた。洞窟の入り口は馬一頭が通れる位だが、中に入れば家が二十軒以上は建てられる空間が広がっている。

その洞窟の中。

「グロムレパードが、全滅？」

煤けた洞窟には場違いな程豪華なソファーから身を起こし、男はくすんだ色の金髪を手で撫でつけ、その碧眼を目の前に立つザルツに向けた。

「す、すいません、お頭……」

ザルツの声は僅かにうわずっていた。ザルツだけでは無い。襲撃から戻り、お頭と呼ばれた男の前に並んだ全員が、極度に緊張していた。

「預けた仲間も、何人か足りねぇみてぇだが？」

「そ、それが、その……」

ザルツは言葉に詰まり下を向く。

実際こんな事は初めてだった。

今までも、戦闘で仲間が命を落とす事はあった。だが、二十頭のグロムレパードを使役した襲撃に、一度たりとも失敗した事は無かったのだ。たとえ腕利きの冒険者が護衛にいようと、二、三十人規模の討伐隊であろうと結果は同じ。そして残った死体は魔物達が綺麗に始末してくれる。今回もそうなる筈だった。いや、途中までは上手く行っていたのだ。

「相手は何人だ？」

頭の男は鋭い眼光でザルツをねめつけた。

「それがそのっ、一人、です……」

ザルツは蛇に睨まれた蛙のように、身じろぎもできず小さな声で答えた。

「待て待て、俺は耳が悪くなったのか？　いま一人って聞こえた気がしたが？」

ザルツの答えに男は眉を潜める。

二十頭のグロムレパードを、たった一人で倒したなど余りにも馬鹿げた話だ。荒唐無稽にも程がある。

「なあザルツ。仲間がやられたのは残念だ。けどな、魔物は所詮魔物だぜ？　死んだんなら又どっかで見繕ってくりゃいい、そうだろ？　手間は掛かるにしろ、こいつがあるんだからな」

男は首に下げたオレンジゴールド色の、オカリナに似た笛を持ち上げて笑った。

〝モンストルムフラウト〟

どんな魔物でも無条件でコントロール下に置ける、神話級のアーティファクト。

男はこの笛を使って、魔物を使役していた。

「別に、お前を責める気はねぇよ……で、ホントは何人だったんだ？」

ザルツは男の言葉に少し緊張を解いた。

この男、ランドルフは冷徹で冷酷だが、嘘は言わない。ランドルフが責めないと言うからには、ザルツが責任を取らされてどうこうという事は無いだろう。

「お、お頭……それが本当に一人なんです……」

ランドルフの顔から笑みが消えた。

夜の帳が森の中を包み、焚火の炎だけがその周囲を照らす。

簡素だが温かい食事にありついた後、ある者は焚火の周りで談笑をはじめ、ある者は武器を手に見張りについた。

シリューは、焚火の明かりが届くか届かないかの距離で、岩を背に枯れた木の幹を椅子がわりにして、その様子を何気なく眺めていた。

軍人である彼らは、もう気持ちを切り替えているのだろう。

昼間、多くの仲間が命を落とした事を悲しむよりも、これからの任務を遂行する事を優先すると。

少し戦闘を経験しただけの、ただの高校生に過ぎないシリューには、簡単には理解しがたいものだった。

言い換えれば、そういった訓練を受けているのが、軍人や騎士なのだろう。

〝……俺には到底無理だな……〟

納得できた訳ではないが、シリューはそうして、なんとか事実を受け入れる事にした。

その焚火の輪の中から一人、ティーカップを両手に持ってシリューの元へ近づいて行く。

「アルタニカ産の紅茶だ、口に合うといいのだが……」

赤い髪をポニーテールに纏めたクリスティーナが、片方のティーカップをシリューに差し出す。

「ありがとうございます」

シリューは零さないように、両手で受け取った。

「隣……かまわないだろうか？」

「ええ」

シリューが頷くのを見て、クリスティーナは広く空いた左側ではなく、少し狭い右側に腰を下ろす。

ゆっくりとした動作なのだが、彼女が身に着けているのは身体にぴったりフィットしたアンダーシャツが一枚。

目の前でふるんっと揺れる強調された双丘に、シリューは慌てて目を逸らす。いくら思春期の高校生と言っても、それくらいの理性は当然ある。

「ん？　どうかされたか？」

「いえっ、別に。すいませんっ」

ぶつかった時の柔らかい感触が蘇り、思わず謝ってしまう。

「熱でもあるのか？　顔が赤いようだが……」

当のクリスティーナは、そんなシリューの心情に全く気が付いていないようだ。

「大丈夫です、少し疲れたのかも」

そう言ってシリューは一人分の隙間を空けて座り直し、クリスティーナが淹れてくれた紅茶に口をつける。

「あ、美味しい」

普段は紅茶よりもコーヒー派のシリューだが、それでもこの紅茶がかなりの高級品であるという事くらいは察しがついた。

「良かった。シリュー殿はかなり東方の出身だとナディア様に聞いたので、口に合うか心配だったんだ」

クリスティーナはまるで向日葵（ひまわり）の様な笑顔を向けた。落ち着いたからだろうか、話し方が元に戻っている。

シリューがその事を口にすると、クリスティーナはほんのりと頬を染め俯いた。

「あ、あの時はごめんなさいっ。動揺するとついつい素に戻ってしまってっ」

と、言いつつまた動揺したようだ。

弓月の眉に大きく切れ長の目。美しく整い凛々（りり）しい印象のクリスティーナが、今は伏目勝（ふしめが）ちにおろおろとする様子に、シリューはふっと口元を緩める。

「謝るなんて……。素の方がかわいいです」

「か、わ……いい……？」

瞬きをするのも忘れ、その切れ長の瞳を大きく見開き、クリスティーナはシリューを見つめる。

「お、大人をからかうんじゃないっ！」

まるで火が付いた様に真っ赤になった顔を背け、クリスティーナが叫んだ。

「あ、いや、その……」

勿論シリューにからかうつもりなどなく、特に意識もせず自然に出た言葉だったが、確かに年上の女性に対して使うには適切でなかったかもしれない。

とは言っても、今更否定する訳にもいかず、取り繕う適当な言葉も見つからず、口ごもってしまう。

「……シリュー殿……」

先に口を開いたのはクリスティーナだった。

「は、はい」

「シリュー殿は、……たらし、だと……言われた事は無いか？」

クリスティーナは、顔を背けたまま口を尖らせぽつりと言った。

「え？　あ……」

確かに、余り気に留めてはいなかったが、言われたような気がする。

「やっぱり……しかも女性からだろう？」

クリスティーナは、もの言いたげな半開きの目で粘りつく様な視線をシリューに向けた。

「な、なんで分かるんですかっ？　ってか、何でそんな目で睨まれてるんでしょう⁉」

残念な事に、シリューにはその意味も、睨まれている理由も、全く理解できていなかった。

「逆に聞きたいんだが……何故分からないと思ったんだ？」

言い当てられて困惑するシリューに、更に目を細めてクリスティーナが尋ねた。

「え？　えぇ？」

シリューは、まるで何処かに書かれた答を探すかのように、自分の身だしなみを確認し始める。

「はあぁ……」

その姿を見て、クリスティーナは大きな溜息をついた。

「……シリュー殿、自覚が無いのか」

ぽつりと零したクリスティーナの言葉に、何故かシリューは強い既視感を覚えるのだった。勿論、実際にほのかや有希たちから何度か言われているのに、余り気に留めていなかったせいで、忘れていただけなのだが……。

「いや、この話はもうよそう……」

「そうですね。そもそも何でこんな話になったんでしょう」

〝ええ？　君が言うのっ？　他人事なのっ？〟

クリスティーナは思いっきりツッコミたかったが、喉まで出かかった言葉をぐっと飲みこみ、大きく息をついた。

「……シリュー殿は天然だ、ホント……たまにいるんだ、こういう男……もうっ、女の敵っ……」

クリスティーナのぼそぼそとした呟きは、シリューには聞こえなかった。

「そういえば、何か俺に用だったんですか？」

「あ、いや。用という訳では……ただ貴殿と話がしたかったんだ。迷惑だったか？」

クリスティーナは紅茶の入ったカップを、両手で包み込む様に口に運んだ。

「いえ、迷惑なんて……。特に一人が好きって訳でもないし」

エラールの森に来てから、ただ一人の話し相手だったヒスイは、羽を器用に身体に巻き付け、シリューの胸ポケットの中で熟睡している。

元々女性と話すのは苦手だったが、この世界に来て随分と慣れてきた。ただ、クリスティーナほどの美人だと、やはり少し緊張はするが。

「シリュー殿は、レグノスに着いた後どうするのだ？」

「そうですね、とりあえず、冒険者ギルドに登録しようかなと思ってます」

冒険者として登録すれば、ギルドから身分証が発行され、各都市への出入りや、国境を越える事も比較的自由になる。確か、エマーシュからそう説明されたのをシリューは覚えていた。勿論完全に自由という訳でもなく、ある程度ランクを上げる必要はあるという事だったが。

「旅をするのに、その方が都合がいいかなって」

「やはり……故郷へ向けて旅立つのか？」

「いえ。故郷にはちょっと……、色々あって帰れないんです」

「色々？　まさか、その、犯罪……」

不安げな表情を浮かべたクリスティーナが、恐る恐るシリューに尋ねる。

「違いますよ。ちょっとした家庭の、事情？　ってやつです。だから今回の事は都合が良かったんです」

シリューが笑って否定した事に、クリスティーナはほっと胸を撫でおろす。

鋭い目つきで、一見するとかなり危険な雰囲気をもってはいるが、自分の命も顧みずに助けてくれたのだ。クリスティーナにはこの少年が人の道を逸れた事をしでかすなど、出会ったばかりとは言え考えられなかった。

「それで、冒険者として活動しながら、いろんな所を見て回ろうかって」

ただの思いつきだったが、悪くない考えだとシリューには思えた。勇者たちから逃げる為にも、一つ所に長くは留まらない方がいいだろう。それに……。

シリューは紅茶を喉に流し込み、星空を見上げた。

多分もう、戻れないのかもしれない。彼らの元にも、そして元の世界にも。

ほんの短い間だったが、直斗や有希たちと過ごした時間は、シリューにとって簡単に捨て去る事の出来ない思い出になっていた。

元の世界に未練は無い。自分の腕の中から美亜を奪った世界を、シリューは少なからず恨んでいた。だから戻りたいとも思わない。

ただ心残りは、次の総体で百メートルの決勝に残るという、目標を達成できなかった事ともう一つ。いつか美亜と二人で見た星空を、二度と見る事ができないという現実。

シリューは目を閉じ首を振った。

もう決めた事だ。明日見僚という名を捨て、シリュー・アスカとして生きてゆくと。

龍脈で聞こえた女性の声が繰り返しシリューに囁く。

〝信じてください。そして探してください。ここで、この世界で〟

シリューはその言葉の意味を心に噛みしめる。

――美亜が、この世界の何処かに転生している――

〝僚ちゃん、私を探して〟

不意に呼びかける、幻のような美亜の声。

シリューはそっと拳を固める。

〝美亜は、この世界に転生してる……だから俺は、約束通り、美亜を探す〟

方法も手段も、未だに分からない。でも、生きて、生きて、必ず約束を果たす。たとえその人が、美亜としての記憶を失っていたとしても。

シリューは目を開き、もう一度空を見上げた。

「……そうか、貴殿はまだ若い。見聞を広めるのは、いい事だと思う」

クリスティーナの目には、星を見上げるシリューの横顔がひどく寂し気に映った。まるでその星々の中から、失った何かを探すような眼差し。クリスティーナの胸がちくりと痛んだ。

「クリスティーナさんたちは、どうするんですか？」

「ん、ああ、我々は、レグノスで二日休んだ後王都に向かう予定だったのだが……」

クリスティーナは肩を竦め首を振った。

「この有様だ、隊を立て直す為二週間程は、レグノスにあるアントワーヌ家の屋敷に滞在するつもりだ」

「じゃあ、また会えますね」

シリューが何気なく口にした言葉だったが、クリスティーナの顔には、満開に咲いた花の様な笑みが溢れた。

「うん、そうね……また、会えるね、うん……」

素に戻っているが、彼女は意識していないのだろう。

立膝でちょこんと座り、カップを見つめながら呟くクリスティーナが、右手で髪をかきあげ、耳を覆うように手を止めた。

「え？　クリスティーナさん、それ……？」

「や、あっ、あのっ、これは、ただの癖でっ、別に……嬉しいとか、そういうわけじゃ、な、ないからっ！」

真っ赤な顔で否定するクリスティーナだが、言葉と裏腹に、嬉しさを隠しきれていない。

そんな時……。

クリスティーナの座る先で何かが動くのが見えた。シリューの右側に座ったクリスティーナの更に右、二メートル程の場所で短い草の葉が微かに揺れる。

大きさからいって魔物ではなく、小動物か昆虫の類だろう。だが暗い上にクリスティーナの影になってよく見えない。

「し、シリュー殿？」

じっと見つめるシリューに気付き、クリスティーナの声が上ずる。

「動かないで……」

「え？　あっ、でも、そんな……いきなり……」

クリスティーナは壮大な勘違いをしていた。

「何かいます……じっとして」

「え？」

クリスティーナはシリューの視線が自分を通し越し、少し先の地面に向けられているのに改めて気が付いた。

「ば、ばかみたい……」

クリスティーナは小さな声で呟いて顔を背け、シリューの視線の先を追った

【暗視モード起動】

シリューの目に映る景色が、夜の闇から一転、昼間の様に色づく。草の影に見えたのは、緑色で細長い一匹の……。

「ひあぁっ！」

喘ぐ様な息を呑む声と同時に、シリューの視界が真っ暗になった。

「いやっ、ヘビっ！　ヘビだめ、いやっ、だめぇ！」

パニック状態のクリスティーナは、馬乗りになって飛びついたシリューの頭を両腕でひっしと抱き、これでもかと言うほど、たわわに実った胸を押し付けていた。

「ちょっ、クリス、もごっ、ティーナさんっ、お、ぷはっ、落ち着い、てっ」

顔をずらそうとしたシリューだったが、クリスティーナにがっしりと頭を抱えられ、まったく動かせない。

これは、前にも一度経験がある。

〝あれ？　これ、やばくね？〟

美亜の時とまったく同じ状況だが、一つだけ大きく違った。

「い、息、が……ぐむっ」

まったく隙間が無い。鼻も口も完全に押さえられて、息ができない。

〝美亜より……で、でかい……〟

そのふたつのりんごは、美亜のものより明らかに一回り以上大きい。

〝アホかああっ、なに考えてんだぁ〟

「いやっ、あっ、だめっ、いや」

シリューはクリスティーナを引き剥がそうとして、だがすぐに手を止めた。

あの時美亜はパニックを起こしていたから、手が触れた（正確には揉んだ）事に気付いていても、たいして怒らなかった。

〝い、いやけっこう怒ったかな？〟

だが今回はあの時とは違う。このまま放置しては、いろいろ不味い。いろいろ……。

〝ああっ、そうだヒスイ⁉〟

シリューを現実に引き戻したのは、ポケットで眠るヒスイの存在。

なんとか身体をずらし、シリューはクリスティーナのお腹が当たっていた胸のポケットを離す。

「う、ん……」

姿は確認できないが、ポケットの中でヒスイが小さく呻いたのが聞こえた。

〝よかった、潰されてないみたいだ〟

ただしこのままでは、押し付けられて潰れた二つのりんごに、自分の理性が潰されそうだった。

〝とにかく……〟

息と理性が続くうちに、クリスティーナのパニックの原因を排除するのが先決だ。


【探査開始】

ＰＰＩレーダースコープに、ヘビを表す輝点が表示される。

【ストライクアイ起動　ロックオン　魔法発動可】

まさかヘビを相手に、ストライクアイを使うとは思ってもみなかった。

問題は、発動する魔法の種類。

フレアバレットやマジックアローでは大騒ぎになる。

「待てよ……そうか、よし」

【特殊技能　エレクトロキューション】

威力を極限まで弱く、電子ライターのスパークのイメージで
【殺撃放電(エレクトロキューション)が麻痺放電(ショートスタン)に変化します】

「よし、ショートスタン！」

パンっと風船の割れる様な音が響き、五十センチメートル程度の青いスパークがヘビを撃つ。

【目標を撃破しました】

白い煙を上げて、ヘビが絶命した。人間なら一時的な麻痺で済むのだろうが、小動物にとっては致命傷になるようだ。

とにかく、原因の排除は終わった。後は……。

「クリスティーナさんっ」

「やっ、助けて、だめっ、やだぁ」

事態の把握が出来ていないクリスティーナは、更にしがみついて来る。

息が苦しい。

頬、と言うより顔を挟むように押し付けられている、弾力のある優しい柔らかさの双丘。

香水と少しだけ汗の混ざった、鼻腔をくすぐる甘い香り。

座った下腹部に感じる、危うさを孕んだ重み。そして徐々に遠のいてゆく意識。

〝やばい、なんか、くらくらして、きた……〟

もう、限界だった。

色んな意味で……。

「クリスティーナさん……も、もう大丈夫です、ヘビ、やっつけましたからっ」

「……え……？」

シリューの声に、クリスティーナはようやく腕の力を緩めた。

「ほ、ホント……？」

シリューを見下ろす目には溢れそうなくらい涙が滲んでいる。

「ほんとです、もう心配ありません。ほら、ね」

シリューが動かなくなったヘビを指さして微笑むと、クリスティーナは無言でこくりと頷く。

「あ……」

ようやく落ち着きを取り戻したクリスティーナだったが、自分の状態をみてぴんと背筋を伸ばし、これ以上無いくらいに大きく目を見開き、そして……。

「やだっ」

ぱちんっ。

左腕で胸を覆い、右手でシリューに平手打ちをした。

「え？」

だが、叩かれた意味がシリューに分かるはずもなく、ただ呆(ほう)けたようにクリスティーナを見つめた。

「あ……」

クリスティーナは自分の右手とシリューの顔を、涙を浮かべた瞳で交互に見比べる。

おそらく無意識の行動だったのだろう。

「ご、ごめんなさい！」

よろけながらも立ち上がったクリスティーナは、それ以上何も言わずに駆け出した。

こうやって、走り去る彼女を見るのは二度目だ。

シリューはふと、彼女が座っていた地面に視線を落とす。

余程慌てていたのだろう、飲みかけのカップが倒れ、置き去りになって転がっている。

「蛇の嫌いな人って、同じような反応するのかな？」

あの日の美亜をまるで再現したかのような、クリスティーナの取り乱しよう。まさか、と思いかけてシリューは首を振った。

「いやいや、そんなに都合のいい事、あるわけないよな」

それにしても。

シリューはもう一度、クリスティーナの後ろ姿に目をやり、叩かれた頬に手を当てた。

「なんで……叩かれたんだろう……」

「それは、シリュー殿が中途半端だったからです」

背後から憐れむ様な声が聞こえた。

「な、ナディアさんっ？　いつの間にっ」

振り向くと、ナディアが腕を組んで立っていた。

「そうですね……『あ、いやっ、だめっ』……クリスが甘い吐息を零し、シリュー殿の手が、その豊満なクリスの胸を激し……」

「待ったあ！　それアウト！」

「え？」

「え？　じゃないでしょ！　何誤解を受けるような解説してるんですかっっ！」

ナディアは頬に人差し指を当て、とぼけた顔で小首を傾げた。

「あれ？　違いました？」

「……分かってて言ってますよね」

「……」

無言のまま満面の笑顔を浮かべるナディア。

「で……一応聞きますけど、中途半端ってどういう事ですか？」

「あ、やっぱり聞いてしまいますか？　そうですかっ、では……」

「待った、やっぱやめとこうかな……」

「いえいえ、ここは言わせて下さい。女として」

いたずらっぽい笑みを浮かべるナディアに、なんとなく嫌な予感がして、シリューはほんの少し身構えた。

「シリュー殿」

ナディアはシリューの目の前に人差し指を突き出し、じっと見つめる。

「は、はい」

「あそこで止めたら、ただのヘタレです。クリスでなくても怒ります。やはりあの後は、勢いに任せて押し倒し彼女の唇をう……」

「おっさんかっ！」

「冗談でっす♪」

いいように遊ばれている気がする。明らかに年下の筈のナディアに。

「まさか……あの蛇……。ナディアさんの仕込みじゃないですよね？」

ナディアは笑顔を引きつらせる。

「……シリュー殿。いくらいたずらの為とは言え、生ヘビは私も無理です」

本気で嫌がった。

でもこの人ならやりかねないとも思った。どちらにしても、大人なのか子供なのか分からない、掴みどころの無い女性であるのは確かだ。

憎めない人物であるのも確かだが。

「それでは、おやすみなさい、カップ預かりますね」

「あ、はい、おやすみなさい」

ナディアは空になったカップを受け取り軽くお辞儀をして、クリスティーナが走り去った方へ歩いて行った。

「あの人……いったい何のために来たんだろう……？」

シリューの呟きは、誰が聞くでもなく、夜の闇に溶けていった。

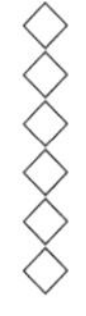

「……で、どうでしたか？」

野営の為に張られたテントの一つで、ナディアとクリスティーナが厚めのマットレスの上に座り、魔法具の明かりの下、ひそひそと会話を楽しんでいた。

「ど、どうとは？」

ナディアと向き合って座るクリスティーナは、その質問に思わず顔を背ける。

「シリュー殿の事です、分かっているでしょう？」

ナディアがにっこりと笑う。

「し、シリュー、どのはっ、その……たらし……です」

クリスティーナは、頬を染め下ろした髪を指でもてあそぶ。

「ええ……それに、あんな有無を言わさず女を押し倒しそうな顔をしているくせに、とんだヘタレですね」

「あのナディア様？　それはちょっと、言い過ぎといいますか、ああみえて笑うと……とても……」

「先程は、残念でしたねクリス」

「ナディア様聞いてます？　って……み、見ていたのですかっ」

ナディアはこくこくと頷く。

「せっかく勇気を出して、貴方から迫ったのに……。まさかあれで止めてしまわれるとは、殿方の風上にも置けません」

「ちがっ、迫ってません！　あれはっ、その、あのっ……」

真っ赤になった顔をシーツで覆い、クリスティーナはぷるぷると首を振った。

「眠れそうになければ、シリュー殿のテントに行ってもかまいませんよ？」

「もうっ……からかわないで下さい……」

クリスティーナは涙目になり俯いた。

これ以上は不味い。ナディアは引き際をよく心得ていた。

「ごめんなさい、では本題に入りましょう。実際話してみてどう感じました？」

「そうですね……」

クリスティーナは、シリューとの会話を思い返してみる。

話しぶり、言葉遣い、どれを取っても高い知性を感じさせる。ただの平民や冒険者とは思えない、おそらくは高度な教育を受けた貴族か豪商（ごうしょう）の子息。アスカという家名を持つ事、金に全く無頓着なところを考えれば、やはり貴族だろう。

クリスティーナのシリューに対する見解は、概ねそんなところだった。

無論、シリューは養護施設育ちである事を除けば、ごく一般的な高校生である。

だが、この世界でまともに教育を受けられるのは、貴族か裕福な家庭の子女だけであり、教育レベルも現代日本と比べれば、かなり低いと言わざるを得ない。

話し方にしても、中学、高校と部活動を続けていれば、ある程度の敬語は身に着くものだ。加えてシリューは、親がいない事で馬鹿にされない様、マナー等も比較的厳しくしつけられてきた。勿論本人の性格によるところも大きいが、この世界で貴族と思われても、それ程おかしくはないだろう。

「貴方もそう思いますか……」

「では、ナディア様も?」

ナディアが大きく頷く。

「それで、シリュー殿はこれからどうされると？　やはり故郷に向かわれるのでしょうか」

クリスティーナは、ゆっくりと首を振った。

「いいえ、家の事情で国へ帰る事はできぬようです」

「家の事情……。跡目争い、というところでしょうか」

貴族の間では、後継ぎを巡って争いが起こるの決して珍しい事ではない。どちらかと言えば日常茶飯事で、争わない事の方が珍しいくらいだ。

「見聞を広げるため、冒険者として色々なところを旅したい、と申されていました」

「そうですか、冒険者に……」

ナディアは口元に指を添えた。

「クリス、シリュー殿との出会いは、神様の思召(おぼしめ)しかもしれませんね。実際私たちは彼がいなかったら死んでいた訳ですから。でもそれだけではないような気がします。貴方にとっても、私にとっても、勿論アントワーヌ家にとっても。彼との繋がりは切らさないようにしましょう」

「は……い……」

クリスティーナの返事は、何故か煮え切らない。

「どうしました？」

ナディアは俯き押し黙るクリスティーナを、訝し気に見つめた。

「怒っては……いないでしょうか……」

「シリュー殿が、ですか？」

「はい……」

クリスティーナは力なく頷いた。

「クリス。貴方に馬乗りされて、その魅惑的な胸に顔を埋めて、怒る男がいる訳がありません。むしろ大喜びで……」

「そ、そこではありませんっ！」

「え？」

「分かってて言ってますよね、絶対」

クリスティーナは抗議するように、ナディアを上目遣いで見つめた。

「シリュー殿を叩いた事ですか？」

クリスティーナはこくりと頷く。

「顔は怖いですが、シリュー殿があれくらいで怒るような、小さな男とは思えません。気になるのなら、明日しっかりと謝るべきですね」

ナディアの、責めるでもなく優しい進言に、クリスティーナは大きく頷いた。

長い夜がようやく明け始め、登りかけた日の光に照らされた白い雲が、碧い空にくっきりと浮かび上がる。

季節は日本で言えば初夏に当たるのだろうか。草の香りを運ぶ、湿り気を帯びた風が心地よく頬を撫でる。

シリューは馬車の屋根の上で半身を起こし、両手を突き上げる様に大きく伸びをした。

昨夜は、シリューが一人で見張りを引き受けた。

というのも、皆回復薬（ポーション）や治癒魔法で怪我からは回復していたが、失った血や体力はそうはいかず、十分に闘える状態ではなかったからだ。

それにこの森に来てからというもの、眠れない訳では無いがまったく眠くならないのだ。疲れや空腹に加えて、眠気も感じない。龍脈の中から復活した時、身体の代謝に変化があったのかもしれない。

それについて、セクレタリー・インターフェイスに確認したところ。

【およそ三十日間は休息・休眠・補給無しでの連続的活動が可能です】

と言う、益々怪しい結果が表示された。

「なにそれ？　原子炉とか太陽電池かなんかで動いてんの？　ちゃんと人間だよね俺」

【…………】

「いや無言かい！」

【人間……です……？】

「え、まさかの疑問形っ？　そこは明言しようよ⁉」

そんなやり取りはあったが、何より眠くならないせいで、夜が一際長く感じられ、とにかく退屈だったのも理由の一つだ。

それに、急に増えたスキルをある程度慣らすという目的もあった。

お陰で二つのスキルを、ほぼ使いこなせるようになった。

まず、【探査】だが、受動的（パッシブ）・能動的（アクティブ）の二つのモードが解放された。

アクティブモードでは、目標の対象を絞り込む事で、探査範囲は狭くなるが距離が延びる。〔正面に対して、探査角六十度・距離七キロメートル〕

パッシブモードでは逆に距離は二キロメートルと短くなるが、探査範囲が三百六十度、対象を広く設定出来、更に常時探査が可能となる。

もう一つは【翔駆】の水平移動だ。

これもコツを掴むのに時間が掛かったが、身体を地面とほぼ水平に倒し、足場の構築を意識的にずらしてつま先で蹴る事で、角度・方向を調整できるようになった。

そうして夜の間、この二つのスキルを使い、野営地から半径三キロメートル以内に近づいた魔物達を狩る作業を続けたのだった。

「シリュー殿、おはようございます」

呼びかけられた声に振り向くと、女性騎士がティーカップを持って立っていた。

金髪で、クリスティーナより少し背が低い位だろうか。ぱっちりした目を細め、朗らかな笑みを浮かべている。

「おはようございます」

シリューも笑顔で答えた。

「昨夜はお疲れ様です。お茶はいかがですか？」

「ありがとうございます」

シリューは馬車の屋根から飛び降り、ティーカップを受け取った。

「夜のうちに、変わった事はありませんでしたか？」

「はい、特に何も」

実際、半径三キロメートル以内の魔物は全て排除したし、懸念していた野盗たちが近づいて来る事はなかった。

「そうですか。シリュー殿お一人に見張りを押し付けて、申し訳ありませんでした」

女性騎士は深々と頭を下げた。

「気にしないで下さい。皆さん回復したって言っても、酷い怪我だったんですから」

それに、大して体力を使う訳ではなかったが、素材として魔物を回収するのも面倒になり、最後の方は【探査】【ストライクアイ】【ホーミングアロー】の組み合わせで、長距離から攻撃しそのまま放置した。つまり、殆ど寝転がったままだったのだ。

何ら気負う事もなく、年齢の割に落ち着いたシリューの涼やかな笑顔に、女性騎士は束の間気を取られる。

「……そう言って頂けると……ありがとうございます。朝食の準備ができたら呼びますので、それまで少し休んで下さい」

では、と言って女性騎士は踵を返し、焚火の方へ歩いていく。

日はすっかり登り昇り、皆朝の準備に取り掛かり始めた。

シリューは枯れた木の幹に腰を下ろし、皆が朝食の準備の為、火の傍であわただしく動きまわるのを、ぼんやりと眺めながら岩に背を預ける。昨夜からの、ちょっとしたお気に入りの場所。

ティーカップの紅茶を一口啜り、その芳醇な香りと味を楽しむ。

こんな朝は出来れば珈琲を飲みたかったが、残念ながらこの世界に来ていまだ珈琲にお目にかかった事はない。

エルレインもそうだが、この辺りも気候は日本の春から初夏に近い。仮に植生が地球と同じであれば、もっと赤道よりの地域なら生育しているかもしれない。地球で言うところのコーヒーベルト。

いずれ探してみるのもいいな、とシリューは思った。

「うん。なんか旅の目標が一つ増えたな」

シリューはもう一口、紅茶を口に運んだ。

「おはようシリュー殿」

「おはようございます、クリスティーナさん」

シリューが顔を上げて挨拶を返すと、クリスティーナは身をこわばらせ、その笑顔もどことなく引きつって見えた。

「シリュー殿は、この場所が……好きなのだな」

シリューの座る右側の地面に。ちらちらと視線を走らせるクリスティーナ。

「座りますか？」

シリューは昨夜と同じ場所を開ける為、少し左にずれた。

「いや、あのっ、私は大丈夫っ。このままでいいっ」

クリスティーナは両手を振り、激しく拒絶する。

この慌てぶり……。シリューは少し考えてそしてある事に思い当たった。

「じゃあ、場所を変えましょうか」

立ち上がって、クリスティーナにそう声を掛け、シリューは岩から離れるように歩き出す。

「ああ、そ、そうだな……」

クリスティーナも、シリューの隣に並んで少し安心した顔を向けた。

〝考えてみれば、美亜もそうだったな〟

ゆっくりと歩くシリューの脳裏に、ふとなつかしい光景が浮かんだ。

蛇を目撃してしまった場所に、そのあと頑なに近づこうとしなかった美亜。蛇が極端に苦手な人の心理なのだろう。今のクリスティーナはその時の美亜と同じ表情をしている。

シリューはお気に入りの岩から適度に離れた、枯れた倒木を見つけて腰掛けた。クリスティーナも、ごく自然にシリューの隣、右側に続く。

ここなら実際にはもういない蛇を、クリスティーナが気にする事もないだろうし、朝の準備をしている人達に聞こえる心配もない。

シリューは黙って、クリスティーナが口を開くのを待った。

「シリュー殿……昨夜は、その……叩いたりして、申し訳ない……」

クリスティーナはしょんぼりと頭を下げ、なかなか顔を上げようとしない。

「そんな、クリスティーナさんが謝る事ないですよ。脅かした俺が悪いんです、すいませんでした」

そう、今考えれば、クリスティーナに悟られる事なく黙って処理もできた筈だ。

「シリュー殿は、私に危険がないよう、教えてくれただけだ……それなのに……」

確かに、あの取り乱し様は尋常ではなかった、余程の事があったのだろうかと思い、シリューは尋ねた。

「いやそれが、特に理由はないのだが、物心ついたぐらいから、蛇を見ると、その、混乱してしまって……だって、手も足も無いのに、うにょにょ動いてっ、それに背筋がぞっとするあの目っ……って……騎士なのに、情けない……」

クリスティーナは頬を染めて、大きな溜息を漏らした。

〝美亜と、同じ理由……？　いや、まさかな……〟

俯くクリスティーナを見つめ、シリューは頭に浮かんだ考えを否定するように首を振った。

「誰にでも苦手なものってありますよ。もし立場が逆で、蛇じゃなくクモだったら、俺が飛びついてたかも」

「え？」

「だって気持ち悪くないですか？　不必要に八本も足があって、わらわら動き回る割に、妙に素早いんですよ？　ああ、ほら、考えただけで鳥肌が……」

目を丸くしてシリューを見つめるクリスティーナに、シリューは袖を捲（まく）って、鳥肌のたった腕を見せながら笑った。

「シリュー殿……」

「あ、でも、飛びつくのは……うん、犯罪だな」

自分を気遣って、シリューが大げさな事を言っているのが、クリスティーナにははっきりと分かった。

「別に、シリュー殿なら、胸に抱いて頭を撫でて、慰めてあげてもかまわないが？」

クリスティーナが、ちょこんと首を傾げてウインクする。

「えっ？　あ、あのっ」

今度はシリューが赤くなって俯いた。

それは、自分ばかりが驚かされ、恥ずかしい所を見られ、天然っぷりに振り回されて、少しだけ悔しかったクリスティーナの、心ばかりの意趣返しだった。

〝うん、やっぱり天然のたらしで、ヘタレだ〟

クリスティーナは満足そうに微笑むと、シリューの手を取り立ち上がった。

「さ、シリュー殿。そろそろ朝食の準備が整う頃だ。行こう」

戸惑うシリューの腕をとり、まるで連行するように歩くクリスティーナだった。

〝あの……あたってます〟

シリューは口に出せず、心の中で呟いた。

朝食の後、騎士も兵士たちもそれぞれ役割を分担して、粛々と出発の準備を始める。
シリューは手伝いを買って出たのだったが、皆にやんわりと断られた。
「いえいえ、ナディア様の恩人に、このような雑事をお願いするなど……どうかシリュー殿はお気になさらずに」

終始、下にも置かない態度で接して来る為、シリューはかなり困惑していた。

「シリュー殿は一晩中見張りをして下さったのでしょう？　出発までゆっくりしていて下さい」

ナディアにまでそう言われ、一人ぽつんと佇むだけだった。

話し相手の筈のヒスイはと言うと。

「ヒスイはニンゲンの活動に興味があるの、です」

と言って、後片付けや準備をする兵士たちの周りを、まるで蝶々のように飛び回っていた。

警戒心が強いと言われるピクシーだが、ヒスイは好奇心の方が勝っているのだろう。どことなく楽しそうだ。兵士たちも初めこそ驚いていたが、興味深そうにじっと見つめるヒスイに、にっこり笑顔を返し何やら説明をしている。

言葉は通じていないが、お互い害意のない事を理解できているようだ。

ちなみにヒスイの話す声は、シリュー以外には透き通る様な鈴の音に聞こえるらしい。

結局手持ち無沙汰になったシリューは、火の消された焚火跡にシャベルを使って土を被せ、綺麗に慣らす作業をはじめた。

そうする事で、土の中の細菌や環境の再生を助ける、と元の世界で教わったからだが、この世界でも通じる知識なのかどうかは、正直分からなかった。

「シリュー殿、あの、何を？」

どうやらこの世界では、知られていないようだ。クリスティーナが不思議そうな表情を浮かべて声をかけてきた。

「あ、いえ。暇だったんで、少し後片付けを……馬車の備品、借りました」

「それは構わないが、意外にマメなのだな」

クリスティーナはすでに準備を終え、今はしっかりと鎧を身に着けている。

ついつい、視線がクリスティーナの胸元に行ってしまうが、シリューも健全な男子高校生だ。鎧の中身を、一瞬想像してしまっても無理はないだろう。

「ところで、シリュー殿は乗馬はできるか？」

クリスティーナは、シリューの視線に気付く事なく尋ねた。

「いえ、あんまり得意じゃありません。てか、一、二回練習で乗っただけで……」

「そうか、ではナディア様の馬車に乗ってくれ。使える馬に限りがあるし、丁度良かったよ」

神妙な面持ちのシリューに、クリスティーナは気にしなくていい、と笑顔で言った。

「では、もうすぐ出発する。馬車で待っていてくれ」

一行は、ナディアを乗せたキャリッジと呼ばれる、豪華な装飾のなされた馬車を中心に、残りの二台で前後に挟むように配置し、先頭を男性騎士二名が、殿をクリスティーナともう一人の女性騎士が務めて進む。

馬に乗れないシリューは、ナディアに向かいの席に座るよう勧められたが、何か起きた時に素早く対処する為、ナディアの乗る馬車の屋根で警戒にあたっている。そのシリューの姿に目を向け、手綱を取る女性騎士が表情を曇らせ不安げに尋ねた。

「クリスティーナ様、奴ら、また襲って来るでしょうか」

「いや、おそらくそれは無い。襲うなら夜のうちにそうした筈だ、我々の態勢が整わないうちにな」

「では、奴らも戦える状態にないと？」

「ああ、それもあるが、一番は……」

クリスティーナは、前を行く馬車の屋根に腰を下ろしたシリューに目を向けた。

「グロムレパード二十頭を瞬殺した男と、誰が戦いたがるかな？　少なくとも、私は御免だ。たとえ一個中隊、いや一個大隊を率いていたとしてもな」

クリスティーナは笑ってそう言ったが、女性騎士は訝しむように眉を潜める。

「隊長……幾ら何でも、一個大隊は言い過ぎでは？」

女性騎士はあの戦闘の時、グロムレパードのエレクトロキューションを受けて気を失っていた。

「そうか、ブレンダは見ていなかったのだな」

「はい……恥ずかしながら……」

ブレンダと呼ばれた女性騎士は、申し訳無さそうに首を垂れる。

「責めている訳ではない、気にするな。私だって、シリュー殿がいなかったら死んでいたんだ」

助けられた事について、クリスティーナはすっかり割り切りができているようだ。

「だが、見なくて良かったのかもな……」

「え？」

「いろんなものが……崩壊する……」

「ええっ？」

遠い目をして、ぽつりと呟いたクリスティーナの顔に生気はなく、ブレンダは背筋に冷たいものが流れるのを感じた。

◇◇◇◇◇◇

揺りかごのように揺れる馬車の屋根に腰を下ろし両手をついて、シリューは木々の隙間から見える狭い空を眺めていた。

「ん？」

【受動的モード探査（パッシブ）】のＰＰＩスコープに、魔物の反応を示す輝点（きてん）が灯る。

「クリスティーナさん」

「どうした？　シリュー殿」

シリューに呼ばれたクリスティーナが、馬車に自分の騎乗する馬を寄せる。

「南東の方向八百メートルに魔物の群れです。数は八、ハンタースパイダーが一に、フォレストウルフ七です」

「フォレストウルフにハンタースパイダーか……おかしな組み合わせだな」

「ええ、そうですね」

通常魔物は同じ種類で群れを作る、異種同士が同じ行動をとる事は稀だ。

「ヤツらに使役されているのかもしれんな……」

「調べますか？」

クリスティーナはまだ見えない魔物たちの方向を眺め、暫く考えた後でシリューに顔を向けた。

「ああ、そうしよう、私が行く。シリュー殿、後ろに乗ってくれ」

「え？　あ、はい……」

部下たちに待機を命じ、親指で背後を指したクリスティーナに、シリューは多少の戸惑いを覚える。

〝馬に、二人乗りって……〟

シリューは馬車の屋根から降りて、クリスティーナの馬の横に立った。

「少し窮屈だが、暫く我慢してくれ」

クリスティーナが馬上から差し出した手を取り、シリューはおぼつかない動きで馬に乗った。フルプレート用の大き目の鞍に、すっぽりと腰がはまる。

〝えっ？　ち、ちょっと、これっ〟

クリスティーナの鎧は、急所や腕、脚の一部を覆うだけで、背中や鳩尾から下の部分には、剣を下げるベルトの他にパーツは無い。

〝や、やばいだろこれっ〟

布越しとはいえ、いろんなところがぴったりと密着してしまう。

「腰に手を回して、しっかり掴まってくれ。振り落とされないようにな」

「は、はあ……」

それでも、クリスティーナはまったく気にした様子もない。

シリューはおそるおそる、遠慮がちにクリスティーナの腰に手を回す。

〝わ、意外と細いっ〟

「あ、シリュー殿、そこはっ……ちょっと、くすぐったい。もう少し、上に……」

「わあああっ、す、すいませんっ」

シリューは慌てて腕の位置をずらす。だが焦りすぎて、こつんっと、鎧の胸の部分に腕がぶつかる。

「ん、鎧……じゃま、かな?」

クリスティーナは顎を突き出すように振り向き、シリューに蠱惑的な流し目を送る。

「いい、いえっ、違います、すいませんっ!」

「冗談だよ、少しからかいたくなっただけだ」

「う……」

シリューは顔を真っ赤にして、クリスティーナのお腹にしがみつく。

「うん、それでいい。続きは、あ・と・で……ね?」

「え、ええ⁉」

「ははは、冗談だ」

クリスティーナはいたずらっぽく笑う。

〝この人たちの冗談、ホント心臓に悪い〟

どきどきと弾む心臓の音を、少しでも鎮めようとシリューは大きく深呼吸した。

「ちょっと、大胆だったかな……」

「え？　なんです？」

「あぁなんでもないっ。ではいくぞ。シリュー殿、案内を頼む！」

「は、はいっ」

二人の乗る馬は森の木々を躱し、草を踏みつけ、道なき道を駆ける。

「クリスティーナさん、この先です！」

「わかった、ここで馬を降りよう」

クリスティーナは手綱を引き馬を止めた。

「ここなら風下です、もうすぐ見えますよ」

木の陰に隠れたシリューは、同じように身を伏せるクリスティーナに小声で合図する。

「ほら、あそこ」

シリューがちょんちょんと指さした先に、目標の魔物たちが姿を現す。フォレストウルフ七頭に続き、ハンタースパイダーが一体。まるで行進するように悠然と進んでいる。

「じゃあ……」

「シリュー殿、フォレストウルフを任せてもいいか？」

「え？」

「私がハンタースパイダーをやる」

シリューはじっとクリスティーナを見つめる。

「大丈夫、任せてくれ」

クリスティーナが片目を瞑り、にっこりとほほ笑む。

「わかりました。フォレストウルフをマジックアローで一掃(いっそう)します」

「私が合図したら頼む」

ゆっくりと剣を抜き、左手をシリューに向け、囁くようにクリスティーナが呪文の詠唱を始める。

「闘志の炎、十六夜の空に飛散せよ……今だ！」

クリスティーナが左手を振り下ろす。

「マルチブローホーミング！」

七つの魔法の鏃が空を舞い、すべてのフォレストウルフを一瞬のうちに打ち倒す。

「フレアバレット!!」

クリスティーナが発した三発の炎球が、上下に並んだハンタースパイダーの八つの目を焼く。

魔法の発動と同時に飛び出したクリスティーナは、巨大蜘蛛の正面から全速で間合いを詰める。

目を焼かれたハンタースパイダーは、迫るクリスティーナの位置を音で察知し、麻痺毒を吐く。

クリスティーナは難なく右へ躱し、踊るように回転して剣を振り下ろす。

「陽炎斬(ひえんざん)!!」

高熱を帯び大気を歪ませる斬撃が、ハンタースパイダーの四本の左脚を焦がし焼き切る。

「はあああ!!」

左脚全てを失い、無様に転がりもがくハンタースパイダーの頭の付け根に、クリスティーナの剣が深々と突き刺さる。

びくっ、と大きく痙攣した後、ハンタースパイダーは残った脚を縮め、動きを止めた。

「凄いですね……」

クリスティーナが振り返ると、シリューが鋭い目を大きく見開いて立っていた。

「ありがとう……。まあ、シリュー殿ほどではないが……」

俯き加減に微かに頬を染め、剣を鞘に納める。

「……少しは、シリュー殿に、いいところを見せたかったんだ」

顔を上げたクリスティーナは、はにかむような笑顔を浮かべた。

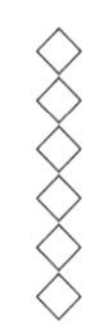

その後、シリューたちはもう一晩を森の中で過ごし、次の日の午前中、ようやく広大なエラールの森を抜けた。

途中何度か魔物の襲撃を受けたが、シリューが事前に探知し、クリスティーナがほぼ一人で排除した。

シリューは久し振りに見る、木々に邪魔されない空に心を奪われる。雲一つなく晴れ渡った青空。清々しい空気を胸いっぱいに吸い込み、深呼吸を一つ。

「新しい事を始めるには、丁度いい日だな……」

シリューは空に向かって呟いた。

しばらく進むと、遠くに白っぽい城壁が見えてくる。高さは十メートルに満たない程度で、都市の規模としてはエルレイン王都の半分位だろうか。

アルフォロメイ王国の一都市であるレグノスは、国を分断するかのようにまたがるエラールの森の西側に位置し、北西に広がる穀倉地帯を抜けた先に王都を望む。

そのため、南やエラールの森の東側から王都を訪れる者たちは、一旦レグノスで荷を解き、身体や馬たちを休める、いわゆる交易の中心としての機能を果たしていた。

南門と呼ばれる大きな門の前には、入市審査を待つ大勢の人や馬車が並んでいる。

「シリュー殿。そろそろ馬車の中にお入り下さい」

馬車の窓から顔を出し、ナディアが屋根の上のシリューに声を掛けた。

「分かりました」

シリューは、窓から身を滑らせる様に中に入り、ナディアの向かいの座席に腰を下ろす。

「随分人が並んでいるみたいですけど、入るまで時間が掛かりそうですね」

「ええ。初めて街に入る人は、ここで審査を受ける必要がありますから。でも大丈夫ですよ」

ナディアたちの馬車は、審査待ちの行列の脇を抜け、門のすぐ手前で一旦停止する。

クリスティーナが衛兵に一言二言声を掛け、ナディアの馬車を指さす。

衛兵たちは、馬車に描かれた家紋を見ると、かしこまった敬礼と共に道を開けた。

「どうぞ、お通り下さい！」

ナディアたちの馬車はすんなりと門をくぐり、レグノスの街へと入った。

規模こそエルレイン王都の半分程だが、人口は比較的多く活気にあふれ、街のあちらこちらに屋台や露店が並び、商人たちの客寄せの声がひっきりなしに響いている。

街を行きかう人々は雑多で、人族以外にもドワーフや獣人、時にはエルフ族も目にする事ができる。

石畳の広場にある噴水の手前で、一行は馬車を停めた。

馬車を降りようとするシリューの背中に、ナディアが少し残念そうに言った。

「シリュー殿、本当によろしいのですか？　遠慮なさる必要はないのですよ？」

シリューは馬車を降りて振り向く。

「ええ。暫くはここを拠点にするつもりだし、報酬も沢山貰ってますから、どこか宿をとります」

ナディアからは、彼女たちが滞在する間、アントワーヌ家の屋敷に泊まるよう勧められていた。

だが、十分過ぎる報酬を貰った上に屋敷に上がり込むなど、恩着せがましい事はしたくなかった。

「仕方がありません、諦めます。でもシリュー殿？　私たちがここにいる間、必ず遊びに来てくださいね」

「はい、そうします」

「必ず遊びに来てくださいね」

ナディアは強調した。

「ええっ？　二度言った？」

「重要な事ですからっ」

小首を傾げてころころと笑い、ナディアは馬車のドアを閉じた。

「ではシリュー殿、私たちはこれで。屋敷は中央区を入ったところだ、きっと訪ねてくれ。ナディア様もお待ちしている。ああ、勿論私も」

馬上のクリスティーナが軽く会釈をして、馬車の後に続いた。

「さあて、俺たちも行くか」

「はい、なの」

シリューは噴水を迂回して進むクリスティーナたちを見送った後、冒険者ギルドのある東区へ向かいゆっくりと歩き始める。

石畳の道路には、ところどころ高さにして三メートルほどの石造りの柱が建ち、先端に摩道具の明かりを取り付けた街灯が設置されていた。

「うーん、文明的には十六世紀並みだけど、街灯があるのは十九世紀並みだし……ほんと不思議な世界だよなぁ……」

シリューは、違う時代が入り混じったような街並みを歩きながら、溜息まじりに呟いた。

加えて布や衣服、特に下着などの裁縫技術は二十世紀のものと頸色がなかったりする。

「召喚された先代の勇者とかが、関係してるんだろうな……」

胸のポケットの中では、ヒスイが顔だけをちょこんと出し、先程から落ち着かない様子できょろきょろしている。

「ヒスイはニンゲンの街は初めて?」

「はい、なの。ちょっと怖いけど、珍しいものが沢山あるの、です」

ヒスイは声を弾ませた。

やはり、警戒心よりも好奇心の方が勝っているようだ。

「ポケットから出ちゃだめだよ？」

何となく、魔物に食べられた時の様子が目に浮かび、シリューはヒスイに念を押した。

「ヒスイはご主人様の傍を離れないの、です」

そんな時だった。

辺りの喧騒を引き裂く、女性の叫び声が響いた。

「誰かぁ！　その男を捕まえてっ、ひったくりだよ！」

シリューは声のした方に顔を向ける。

ダガーを手にした男が革製の鞄を脇に抱え、こちらに向かって走って来る。

さらにその後ろを、鞄の持ち主であろう老婆が、よろよろと力なく追いかけていた。

「どきなっ！　怪我するぜっ」

男はむちゃくちゃにダガーを振り回し、通行人たちを脅している。

シリューはふっと、向かって来る男の前に立った。

「でめえ、邪魔だぁ！」

男は右手に持ったダガーを振り下ろしてくる。

だが、圧倒的に遅い。

シリューは軽々と左に躱し、男の右手首を捻りあげ、手放したダガーを左手で掴む。

そのまま男の腹を右足で蹴り上げる。もちろん細心の注意を払って。

そして、男の右手を無造作に振り払うと同時に鞄を奪いとった。

おおっ、と、いつの間にか出来上がった人垣から声が漏れる。

「て、てめぇ！　返しやがれっ」

男は、よろめきながら叫んだ。

「ええ？」

厚かましいにも程がある。

だがシリューは、一瞬考えた後左手に持ったダガーを掲げた。

「ああ、こっちの事？」

確かにこのダガーはこの男の物だ。

そう思った時。

「そこまでです！　観念しなさい!!」

黒い神官服の少女が人垣から飛出し、スカートの裾を派手に翻し、空気が唸るような敏速の蹴りを放つ。

シリューに。

「俺っ!?」

咄嗟に身を屈めて躱したシリューの髪が、僅かに少女の脚に触れて千切れる。

「な、ちょっ？」

この場合、普通髪が抜ける事はあっても、千切れる事はない。

刃物並に鋭い蹴りという事だろう。覇力を使っているのかもしれない。

「な、躱しましたね。それならっ」

少女は更に追撃してくる。

右の回し蹴り。シリューは少女の更に右側に回り込み逸らす。

直後。

目標を見失った少女の蹴りが、街灯の柱に直撃し、鈍い音と共に表面を砕く。

「待った待った！　なんか勘違いしてるっ」

あんな蹴りを喰らったら、普通に死ぬ。

シリューは大声で叫んだ。

「問答無用です！　覚悟しなさいっ」

「ええっ？」

左の内回し蹴りから、右の横蹴り。少女は止める気配がない。

しかも、頭ばかりを狙ってくる。狙ってくるので……。

少女の着ている神官服は、体にぴったりとした黒のワンピース。スカートの裾は踝の上くらいの長さがあり、元の世界でいうチャイナドレスのようなシルエットで、両脇には腰上までの深いスリットが入っている。

そのスリットを覆うように、二枚の白い飾り布がしつらえられ、激しい動きを阻害せず、普通に歩いたりしても、せいぜいひざ下までしか見えないように出来ていた。

……但し、今は。

だ、だ、見、え、である。

蹴りを連発してくる上、頭ばかり狙ってくる。

本人は気付いていているのかいないのか。

ガーターで留めたストッキングに包まれた太腿。

シリューの目に飛び込んでくる、さらにその奥、鮮やかな……。

〝紫？　ってそんな事考えてる場合じゃなかった！〟

が、強力なスキルを手に入れ、肉体も超強化されたと言っても、そこは健全な高校生。

チラチラと言うよりモロにさらされる、少し大人びた紫に目を奪われるのは仕方のない事だろう。

そのせいで、一発の前蹴りが鼻先を掠める。

「っあっぶな！」

さすがに、余りにモロだとありがたみがなくなるのも早い。

だんだん、この勘違い紫パンツ神官少女に、イライラが募る。

「やめろ！」

少女の回し蹴りを左手で無造作に掴む。

「へ？」

いとも簡単に自分の蹴りを止められた少女は、一瞬目を丸くして、呆けた声を漏らす。

シリューは続けて少女の軸足、つまり左脚を払う。

右脚をシリューに掴まれたままの少女は、そのまま背中から倒れ込むが、シリューはすかさず自分のつま先を少女の後頭部へと添える。勿論、頭を石畳にぶつけないように。

「ひゃうっ」

最後に、シリューは右脚で少女の左脚を押さえつける。

大胆にスカートが捲れ、しかも恥辱の大股開き。

女の子を押さえつける方法としてはアレだが、まあ今回は仕方がないか……、とシリューは思った。

さすがに、周りの目に晒されないように配慮はしている。

シリューからは丸見えだが。

「おーい、神官さん。ひったくりの犯人逃げるぞ」

人垣の誰かが声を上げた。

「え？　え？」

少女はナイフを振り回し逃げて行く男と、シリューの顔を交互に見比べる。

「あ、あのぅ……」

シリューは不機嫌な表情で、逃げる男の方向へ顎をしゃくる。

「……離して頂けると、ありがたいかなぁ、なんて……」

少女の顔を、冷や汗が一筋。

「まったく……」

溜息交じりに呟き、シリューは少女の戒めを解く。

「あの、怒ってます？　怒ってますよね？」

少女は立ち上がりスカートの裾を直しながら、伏し目勝ちにシリューを見つめた。

「いいからっ、追えよ……」

「は、はいっ。ごめんなさい！　後できっとお詫びします！　ここで待ってて下さいねっ」

そう言って、神官の少女は犯人を追い掛け走り去って行った。

逃げる犯人にショートスタンを撃とうと、ストライクアイを起動させたシリューだったが、撃つ直前で気が変わった。

精々長い距離を追い掛けてくれれば、その間にこの場から立ち去れる。

シリューは踵を返して老婆のもとへ歩き、そっと鞄を渡した。

「ありがとう、ありがとう……」

老婆は何度も何度も頭を下げて、感謝の言葉を口にする。

「今度は気を付けて下さいね」

穏やかな笑みを向け、その場から早々に立ち去ろうとしたシリューに、露天の店主から声が掛かる。

「よう兄ちゃん、なかなかいい腕してるじゃねえか。ほらっ、これ持って行きな」

店主はそう言って、店先に並べた果物を一つ投げてよこした。

「どうも、ありがとうございます」

「なあに、いいって事よ。久し振りにいいもん見せてもらったからな！」

シリューは果物を受け取り、軽く会釈して歩き出す。

振り向いて確認すると、神官の少女はやっと犯人に追い付いたところだった。

これなら当分こっちには戻って来られないだろう。

少女は待てと言っていたが、当然待つつもりはなかった。

「あんな、パンツ全開の露出狂な変態娘、関わり合いになりたくないからなぁ……」

シリューは貰った果物を一口齧る。

「ん、甘い……」

水分が多く、甘みも強い。元の世界の梨に近いだろうか。

「……いいもん？」

シリューは店主が言った言葉を、思い返した。

「それって、紫……？」

頭に浮かんだ光景を払うように、シリューは首を振った。

勿論、店主の言ったのはその事ではない。

「……紫……」

レグノスでの記念すべき第一日目。

シリューの記憶に残ったのは、紫のパンツだった……。

そして、偶然出会ったはずのはた迷惑な紫パンツの少女と、今後長い間行動を共にすることになると、その時のシリューは微塵も思っていなかった。

The adventurer called
the worst disaster is
busy for good deeds after he died once.

番外編 *Extra edition*

今回の任務は……初デート?
シリュー殿はやっぱり「たらし」だ!

レグノスに到着して五日。

アントワーヌ家の屋敷では、官憲への情報提供や亡くなった兵士たちの処遇など、エラールの森での事後処理に追われ皆が忙しく働いていたが、その慌ただしさもようやく落ち着き、あとは本国からの応援を待つのみとなった。

「おはようございます、ナディア様」

「おはよう、クリス。早速ですが出掛けますよ」

クリスティーナが執務室に入ると、ナディアは既に外出用の服を着ており、椅子から立ち上がると、背後のポールハンガーに掛けられた帽子を手に取った。

「あの、どちらへ？」

「服を買いに行きます。殿方と街中を並んで歩いても、恥ずかしくないような服を」

クリスティーナは首を傾げて眉をひそめる。ナディアなら、そんな服ならわざわざ買いに行く必要もないほど、この屋敷に常備されている。

「気晴らしですか？　でしたらブレンダをお付けします。私は、その……センスが、ないようなので……」

「だから、私が付いていくのです」

「え？」

「貴方一人では、どんな服を選ぶか心配です」

「あの、ナディア様。話が見えないのですが……」

ナディアの言い方では、クリスティーナが服を買い、それにナディアが付き添うと聞こえる。

「その通り、服を買うのは貴方です。もちろん支払いは主人である私がしますので心配ありません」

「何故(なぜ)私の服を？　支給された物を持っていますが……」

クリスティーナは今着ている騎士服の襟(えり)を摘まんだ。

「そんな堅苦しい服を着ていくつもりですか？」

「行く？　あの、私が、何処へ……？　レグノスには知り合いもおりませんし、特にしたい事もありませんが……」

「あら、そうですか？」

大きく口角を上げ、ナディアはいたずらっぽく笑った。

「な、ナディア様、笑顔が……悪いです」

「クリス。貴方、明日一日休暇を取りなさい」

「え？　あの、何故でしょう」

仁王立ちでびしっとクリスティーナを指さし、ナディアが声高(こわだか)に宣言する。

「既(すで)に約束は取り付けてあります。クリスっ、貴方は明日、かわいい服を着て、そしてシリュー殿とデートするのです!!」

「えええええっ!?」

「行きたくないのですか？」

「いえっあのっ、でも……そんなっ」

クリスティーナは太ももをすり合わせて、もじもじと身を捩る。

それから僅かに顔を背け、口元に手を添えこれ以上ないくらいに頬を真っ赤に染めて、蚊の鳴くような声で呟いた。

「……行きたい、です……」

「ナディア様、これはどうでしょう？」

貴族や富裕層御用達の店で、クリスティーナは試着室のカーテンを開き、店員のアドバイスの元自分で選んだコーデをナディアに披露する。

クリスティーナの顔には、僅かな疲労の色が滲んでいるが、もう五回もこの作業を繰り返しているのだ。

だが、今度はクリスティーナの本命で、グリーンのパンツにダークブラウンのカーデ。店員も絶賛で、似合っていると自分でも思う。

「悪くはありませんが……可愛くはありませんね。やはり貴方に任せてはおけません、これを試しなさい」

ナディアは、自分で選んできた物をクリスティーナへ押し付けるように渡した。

「こ、これですか……」

クリスティーナは、困ったように眉をハの字にしてカーテンを閉じた。

「あ、あの、ナディア様……これは、私には……」

暫(しばら)くすると、着替えを終えたクリスティーナの、困惑した声が聞こえてきた。

「いいから、開けますよ」

ナディアが、問答無用、と半(なか)ば強引にカーテンを開いた。

「あっ」

「やはり、睨んだ通りです」

オフホワイトで縦ラインにタックが入った、ふんわりボリュームスリーブのブラウス。フロントに特徴的なリボン結びをあしらった、ブルーのフレアミニスカート。そして素足にブラックカラーピンヒールのサンダル。

「……」

「あの、ナディア様？　何か言ってください、不安になります」

「ああ、ごめんなさい。想像以上でした」

「で、でも、私には、そのっ……可愛過ぎるというか……本当に似合っていますか？」

クリスティーナは少女のようにはにかみながら、短いスカートの裾を押さえている。

「もちろんです、思いもよらぬ絶大な破壊力……これは下着も選ぶ必要がありますね！」

「あの、ど、どういう意味ですか？」

不安げに尋ねるクリスティーナをよそに、ナディアはさも当然というように澄ました顔で答える。

「シリュー殿にソレを脱がせていただいたあと、みすぼらしい下着では興(きょう)ざめでしょう？　だから

「……」

「ナディアさまっっ!!」

「はい？」

「か、からかわないでください……」

クリスティーナは真っ赤な顔で主人の暴走を阻止したが、結局赤いレースの下着を買う事になった。

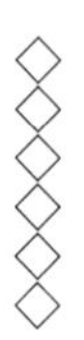

次の朝。

中央広場の噴水前のベンチで、シリューはのんびりとクリスティーナが現れるのを待っていた。

つい先日、わざわざナディア本人から、今日一日クリスティーナの行うある調査への協力を依頼された。

「どんな調査なんだろ……」

調査の内容は気になるが、質問は避けてほしいと頼まれたため聞くわけにもいかない。ただ失礼のないよう、待ち合わせよりも早い時間にやってきた。

「シリュー殿、お待たせした」

後ろから聞こえたクリスティーナの声に、シリューはベンチを立ち上がって振り向き、そして固まった。

「あ、え？　クリス、ティーナ、さん……？」

騎士服かそれに近い服装で来るだろうと思っていたクリスティーナが、白いフェミニンなブラウスと青いフレアスカートというい で立ちで現れたのだ。

しかもスカート丈は短く、瑞々しい太ももが覗いている。

シリューは釘付けになりそうな視線を、慌ててクリスティーナの髪に向ける。

頭頂部と両サイドの髪を後ろに流した、ダブルハーフアップ。後ろでくるんとくぐらせた部分を、白いリボンで留めてある。

「あの、シリュー殿……変では、ないかな……？」

「あ、変だなんてそんな……可愛いです」

「えっ、か、かわっ……」

クリスティーナは、シリューの言葉にたじろぐように頬を染めて顔を伏せた。

その姿は、ハンタースパイダーを一人で倒した勇猛な騎士のそれではなく、ごく普通の女の子のものだった。

「あの、シリュー殿も素敵ですっ」

シリューはなるべく目立たないようにと思い、白のシャツにブルーのジレ、同系色のテーラードパンツ、そして黒の中折れ帽というスタイルだった。

「クリスティーナさん……緊張してます？」

さっきからクリスティーナの様子が何となくぎこちない。

〝そんな、大変な調査なんだろうか？〟

「ああ、いや、そういうわけでは……ただ、恥ずかしい話だが、こういう事に慣れていなくて」

〝当然か、騎士が秘密の調査なんて、まったく畑違いだもんな〟

「今日は、受けてくれてありがとう」

クリスティーナは両手を揃えてぺこりと頭を下げた。

「そんな、クリスティーナさんのためです、当然ですよ」

たった二日とはいえ、一緒に行動し、一緒に戦った仲だ。手伝って欲しいと言われれば、断る理由がシリューにあるはずがない。

「そ、それでは、行こうかっ」

「はい」

シリューはクリスティーナの左側に並んだ。

「どこに行くんですか？」

クリスティーナの服装から、危険を伴うものではない事ぐらいは察しが付く。

「この先に、規模は小さいが設備の整った劇場がある。今ちょうど流行のお芝居を公演しているらしくて……」

「芝居、ですか……？」

さすがにそれはシリューも予想外だった。

「あの、ダメ……かな？」

「いえ、大丈夫です。行きましょう」

「うん！」

伏し目がちに尋ねたクリスティーナだったが、シリューが頷くのを見て、まるで向日葵のように明るい笑顔を浮かべた。

劇場の観客のほとんどは女性か、若いカップルだった。

〝この中に、監視対象者でもいるのか？〟

照明の落とされた観客席で、シリューは劇場内をくまなく探査したが、特に怪しい人も物も見つけられなかった。

シリューはほとんど舞台に目を向けていなかったが、演目は流行の悲恋物で、最大の山場である別れのシーンでは、客席の至る所からすすり泣きの声が聞こえてきた。

ひじ掛けに乗せたシリューの手に、そっとクリスティーナの手が重ねられる。

シリューがふと目を向けると、ぽろぽろと大粒の涙を零すクリスティーナと目が合ってしまった。

「あっ……」

クリスティーナは小さく声をあげる。お互いすぐに顔を背けたのだが、シリューの目には、クリスティーナの泣き顔がしっかりと焼き付けられてしまった。

「ごめんなさい、変なところを見せて……私、ああいうのに、その、弱くて……」

どことなく気まずい雰囲気のまま入ったレストランで、クリスティーナはぽつりと漏らした。よほど動揺したのか、話し方が素に戻っている。

「そんな、変じゃないです。俺の知り合いもそんな感じでしたよ？　逆にクリスティーナさんの以外な一面を見れて、なんか嬉しいです」

「え……？」

クリスティーナは目を大きく見開いて、かちっと固まったままシリューを見つめる。

「お、大人をっ……からかうんじゃないっ……」

シリューに他意などなく、当然、これをデートだと認識していないからこその台詞なのだが、面と向かって言われたクリスティーナの衝撃は、いきなりの突風に傘を吹き飛ばされるようなものだった。

昼食を終えレストランを出た二人は、クリスティーナの希望で市場へと向かった。

表通りから一本奥まった路地の一角を占めるその市場には農産物や果物、食肉や魚、手作りのアクセサリーによくわからない怪しい雰囲気の物など、種々雑多な露天が並び、大勢の人で賑わっていた。

「これが市場……随分賑やかだな」

「ホント、お祭りみたいですね。何か買い物ですか？」

「いや、一度見てみたくて……あっ」

人込みを躱（かわ）そうと左足に力を入れた瞬間、ピンヒールが折れクリスティーナは思わず倒れこむ。

「大丈夫ですか？　遠慮せずに摑まってください」

シリューはごく自然にクリスティーナの左腕をとり、支えるように引き寄せた。

「あ、ああ……あり、がとう」

「踵が折れちゃったんですね。こっちへ」

市場の喧騒から離れ、大通りの歩道に置かれた石のベンチまで歩く。

クリスティーナが腰を下ろす前に、シリューはタオルを広げた。

「そのままじゃ、スカートが汚れるでしょう。ここでちょっと待っててください」

シリューが走り去ったあと、クリスティーナはベンチに敷かれたタオルに目を落とした。

「はあぁ……」

意味ありげな溜息を零し、そのタオルの上に腰を下ろす。

暫くして戻ってきたシリューが抱えていた物は、新しいサンダルだった。

「クリスティーナさん、同じ物が無かったんで、とりあえずこれを」

「ああ、ありがとう。ごめんなさい……」

すまなそうに背中を丸めるクリスティーナの隣に腰を下ろし、シリューは大きく深呼吸をした。

「これって……デート、ですよね？」

「え？」

「ナディアさんに頼まれたんです、調査を手伝ってくれって」

「ナディア様、そんな事を？」

シリューはこくんと頷いた。

「ご、ごめんなさいっ、まさか、そんな……」

「いえ、それで良かったかも」

「でも、シリュー殿を、その、だましてしまって……私っ」

俯くクリスティーナの肩を、シリューはちょんっとつつく。

「騙されたお陰で、緊張せずに済みました」

「え……」

「緊張しなかったから、楽しかったですよ、クリスティーナさんと一緒で」

「し、シリュー、どのっ」

シリューは立ち上がって、クリスティーナに手を差し伸べる。

「次は、何処へ行きます？」

涼し気なシリューの笑顔に、クリスティーナはどぎまぎとする。これではどちらが年上か分からない。

「シリュー殿……」

「はい？」

「シリュー殿は、やっぱりたらしだ」

クリスティーナは立ち上がって、差し出されたシリューの手を取った。

あとがき

初めまして、水辺野かわせみです。

この度は、本作『最強災厄の冒険者は一度死んでから人助けに奔走する』をお手に取っていただき、誠にありがとうございます。

ほんの僅かな時間でも、本作の中に入り、少しでもわくわくしていただけたなら、これほど嬉しいことはありません。

本作は元々『生々流転で始まる異世界放浪ろまん譚～勇者パーティーから排除されたので最強ギフトで無双します！』のタイトルで「小説家になろう」というサイトに投稿しており、現在でもゆっくりではありますが更新中のものです。

集団転移、最弱からの主人公無双、そしてハーレム。

流行の追放モノを踏襲しているようで、中身は勧善懲悪の正統派ヒーロー。ヒロインのピンチに颯爽と登場するご都合主義満載の物語。

そんな感じで明らかに流行から外れ、好きなように描いていたものですから、書籍化には縁がないだろうな、と思っていました。

ただ、だからと言って遊び気分で取り組んでいたわけではなく、趣味である釣りにも行かず、奮発して買ったギターもほったらかしに、休日は部屋にこもりひたすらＰＣへ向かう日々でした。（あ、仕事はしてますよ。）

なので、本作に限らず、いつかは自分の描いたものを本に、との思いがあったのも事実です。

さて、本作は次巻にて物語が一転、コミカルかつ軽快にストーリーが加速していきます。勿論、主人公の能力も更に強化、そして新ヒロインとの……も？

一巻以上に楽しんでいただけるものをお届けしたいと思います。

最後に、この本を出版するにあたりご尽力くださった皆様、それからこの本をお手に取っていただいた皆様へ、心から感謝申し上げます。

二巻で会えますことを、楽しみにしております。

二〇一九年一二月　水辺野かわせみ

最凶災厄の冒険者は
一度死んでから人助けに奔走する

2020年3月1日　第1刷発行

著　者　水辺野かわせみ

発行者　本田武市

発行所　TOブックス
〒150-0045
東京都渋谷区神泉町18-8　松濤ハイツ2F
TEL 03-6452-5766(編集)
0120-933-772(営業フリーダイヤル)
FAX 050-3156-0508
ホームページ　http://www.tobooks.jp
メール　info@tobooks.jp

印刷・製本　中央精版印刷株式会社

ISBN978-4-86472-920-8